IM PRESS

ЗОРИЙ ШОХИН

ЛЕВАНТИЙСКАЯ РАПСОДИЯ

БОСТОН · **2022** · BOSTON

Зорий Шохин. *Левантийская рапсодия*
Zoriy Shokhin. *Levantine Rhapsody*
(Levantiiskaya rapsodiya)

Корректоры: Елена Левицкая, Юлия Грушко

Публикуется в авторской редакции

ISBN 978-1950319848

Published by M•Graphics | Boston, MA
   🖥 www.mgraphics-books.com
   ✉ mgraphics.books@gmail.com

Дизайн обложки: *Germancreative* © 2022
Дизайн книги: Юлия Тимошенко

При подготовке издания использован модуль расстановки переносов русского языка **batov's hyphenator**™ (www.batov.ru)

Printed in the U.S.A.

СОДЕРЖАНИЕ

ЧАСТЬ 1

СУКА

1

— Ты с ним трахалась? Я спрашиваю: ты с ним трахалась? Что? Не слышишь? Не вздумай врать...

По синеватым губам Мики пробежала нервная змейка.

— С этим толстомордым козлом? — собственный голос скрежетал в моих ушах как диск электрической пилы, вонзившейся в камень.

Мики вздрогнула и судорожно вздохнула.

— Нет!

Я видела, что ещё одно слово, и она расплачется.

— Он сказал, что упрячет меня за решётку. С тобой вместе. И что мы вонючие лесбиянки...

Меня колотило. Ярость выжгла в памяти сытую морду, уже наметившийся двойной подбородок и толстые жадные губы. Наглые маслянистые глаза его всегда тебя раздевают. Пятидесятипятилетний козёл. Он ничего во мне, кроме злости и отвращения, не вызывал.

Я представляла себе, как он прижимает Мики к столу. Нежную, хрупкую! Как по-хозяйски приподнимает подол платья, суёт ей под трусы свои загребущие пальцы и лапает кофейного цвета бёдра и при этом жадно облизывает нижнюю губу. Похотливый самец, сукин сын, скот! Кус сохта[1]!

Это нашло на меня не как галлюцинация у параноика. Навязчивая, яркая голограмма.

От Кармона меня воротит не только из-за его внешности. Ещё и от запаха: смеси дезодоранта и пота, который не смывается никакой струёй душа.

— Пошла отсюда!

Мики стояла как вкопанная.

---

[1] Кус сохта — матерное ругательство на арабском языке.

— Не слышишь? Пошла вон!

В ней словно что-то сломалось. Движения стали неживыми. Какими-то кукольными. Словно у кукловода в руках перепутались ниточки, и кукла перестала его слушаться. Меня переполнял худший вид ярости — ревность.

— Норма!

— Я сказала — убирайся!

Она растерянно подошла к двери и открыла её. Слегка оглянулась и отрешённо прикрыла с другой стороны.

Нервы были напряжены до предела. Ещё секунда, и они бы лопнули. Выпустив из себя тонну воздуха, я подошла к кухонной полке и вытащила бутылку «Курвуазье». Его приносил обычно другой наш клиент — импортёр дорогих вин из Франции. Налила в бокал и стала медленно пить. Дёсны жгло. В носу отчаянно щекотало.

Потом подошла к двери и открыла её. Мики сидела на корточках, обхватив руками прижатую к коленям голову. Ей просто некуда было идти. Как и мне, впрочем. Да, в семье её бы прибили! Или зарезали. Из-за меня. Или из-за неё самой. Где это видано в Эфиопии, чтобы дочь и сестра становились лесбиянками?

Сколько я продержала её там? Минут пятнадцать? Полчаса? Я склонилась над ней. Её фигурку, наверное, с любовью вытачивал сам бог. Присев, я зарылась лицом в тоненькие, словно у семилетней девочки, эфиопские косички. От них исходил горьковатый запах. Незнакомый. Непонятно далёкий. Наверное, так пахнет Эфиопия.

— Я тебе не изменяла! — шмыгала она носом. — Кармон противен мне не меньше, чем тебе. Может, ещё и хуже. Я просто испугалась за нас обеих.

Сглотнув слюну, я сжала скулы. Потом чуть приподняла плачущую Мики.

— Ты — сильная. Я — нет...

Я прикрыла глаза и сжала с силой губы.

— Я перед тобой виновата, Мики, — выдавила я из себя, но он за это своё получит...

Мики уставилась на меня с испугом. В её золотистых глазах африканской газели появилась тревога.

— Норма, не сходи с ума! Кармон — известный адвокат. Политик. Был министром. И снова, наверное, им станет. Его все знают...

— Кус сохта...

Видение, поселившееся в моей голове, не исчезало. Хуже того — дразнило и напрягало. Его толстая самодовольная рожа. Взгляд оценщика. И странно контрастирующий с внешностью высокий мальчишеский голос. Все мои попытки избавиться от галлюцинации ни к чему не приводили.

Мозг работал на холостом ходу. Разговаривал с самим собой. Такая вот дихотомия сознания — двойное я. И вместо монолога — диалог. «Он — влиятельный и опасный скот, Норма!»... «Я тоже не овечка!»... «Он вспомнит тебе все твои существующие и несуществующие грехи!» «А я сломаю ему яйца!»... «Дура!»... «Забыла? У меня чёрный пояс!»... «А помнишь, что говорил тебе инструктор-кореец? Сила — не всегда выигрыш. Она может стать и проигрышем тоже»...

Уже потом я узнала, что Кармон начинал когда-то у себя, в Яффо,[2] как главарь местной шпаны. Ещё не уголовник, но и не так уж далеко от этого. Уверена, что кое-кто из его дружков и сейчас не вылезает из-за решётки.

Вот что, скажите, одних затягивает на дно, а других вбрасывает наверх? Раскаянье? Смешно! Прозрение? Да ладно! Страх? Тюрьма шпану не пугает: наоборот, они ею геройски хвастаются! На одном полюсе — наркота риска. На другом — пещерный инстинкт альфа-самца. «Я и Мне!» Про благородные мотивы не рассказывайте, не поверю! Проблема только в том, что и здесь — путь в никуда. Альфа-самец не способен на жертву: то есть, рискуя собой, защищать других. Ему важен только он сам! В результате все, кто слабее — детёныши, самки, старики, погибают. И он остаётся один. А зачем он тогда?

Интересная тема для исследования, а? Если бы я была психологом, я, пожалуй, ею бы занялась. Но я кончила лишь бруклинский колледж в Нью-Йорке, и ещё чуть больше полугода в Израильской армии...

— Норма! — Мика трясла меня.

---

[2] Яффо — южный пригород Тель-Авива, где живёт немало арабов.

Но я была далеко. Меня несло, как лодку в горном потоке. Тут не остановишься и не сманеврируешь. Рвущий ноздри ветер, скорость, острый привкус риска, удаль, невесомость. Меня даже зазнобило. А это — симптом начинающейся перегрузки. Сколько в ней «джи», я не знала. Но со мной это бывает.

2

— Норма, что ты задумала? Мало того, что тебя выгнали из лётного училища, а потом из армии?

Я с силой сжала челюсти. Так всегда, если я хочу пересилить внутреннюю тревогу и замешательство.

— Сейчас услышишь...

Я открыла айпэд. Мики следила за каждым моим движением. Компьютер включён. Поиск. Google. Курсор. Буквы... «Виктор Кармон, дантист». Нет, не то! Кармон Гита, Кармон Ариэль... О, «Кармон Сима». Судя по адресу, это его жена...

— Ты что, ненормальная?

— Каждый нормальный человек нормален лишь отчасти.

— Как это? Кто тебе сказал?

— Зигмунд Фрейд.

— Кто?

— Отец психоанализа.

— Чушь!

Мой голос в мобильнике звучал уверенно и твёрдо:

— Госпожа Кармон? Меня зовут Норма. Я хочу поговорить с вами о вашем муже.

— О ком?

Я сказала громче. Пару секунд молчания. Но таким, как кастетом. можно пробить башку.

— О вашем муже...

— Ну, ты даёшь, милочка! Ты что, одна из его поблядушек?

— Всё не совсем так, госпожа Кармон.

— Не совсем шлюх не бывает... Что тебе надо?

Мики съёжилась в углу. Но меня это только подстегнуло. На другом конце слышалось возмущённое дыхание.

— Тогда какое он к тебе имеет отношение, красавица?

— Садо-мазо, госпожа Кармон! Да и не красавица я...

— Что? — вдруг взвыла трубка на другом конце города.

— То, что слышали! Ваш муж предпочитал мазо...

Она, наверное, там задохнулась. Что-то в её горле хлюпнуло. Ещё бы — такое ведро с человеческим дерьмом в морду...

В ней явно боролись между собой сцепившиеся намертво чувства. Что-то подсказывало, что месть взяла верх. После удушливого молчания она наконец выдохнула:

— Хочешь встретиться?

Я убедилась, что была права.

— Не вижу необходимости...

— Тогда чего ты звонишь?

— Чтобы он к нам больше ни ногой.

Она, наверное, подумала, что я сейчас оборву разговор, потому что сразу запальчиво меня перебила.

— Слушай, не кипятись... Я ведь и заплатить могу...

Я ухмыльнулась вслух.

— Спасибо, не нуждаюсь...

Казалось, телефон в её руках раскалился. У меня, во всяком случае, даже начало жечь пальцы.

— Если позвонила, значит, ты умная баба. Дура бы звонить не стала.

— Это почему же?

— Да потому, что так наказать, как баба, ни один мужик не сможет.

Я хмыкнула. Интересное кино...

— Это вы обо мне или о себе? — съязвила я.

И у неё вырвалось — видно, уж очень ей хотелось его достать:

— Причём тут ты?

Ого! Мне стало ещё интересней.

— Достал? — спросила я.

Она не ответила.

— Бунт ангелов в раю?

Ссориться со мной ей явно было не в жилу.

— Представился случай...

— Я так и думала. Понимаю! Даже сочувствую! Ладно, но от меня что надо?

— Не по телефону...

Улыбка у меня вышла кривой...

Я пыталась понять, чего она хочет. Отомстить, конечно! Но как? Устроить скандал? Опозорить? Но ведь тогда он вышвырнет её из золотой клетки. И она останется ни с чем. Уже по-нашему с ней телефонному разговору я поняла, что она за птица.

3

Мы встретились в торговом центре в Модиине.[3] Я наматывала круги по подземной стоянке, искала место. Если кто-то и выезжал, на его место, как насторожившаяся акула, бросалась уже поджидающая машина. Первые два часа стоянки бесплатные. Несколько этажей стекла и бетона. Ульев-бутиков не сосчитать. Всё равно что-нибудь да купишь! Но израильтянин поставит здесь машину, если даже и не собирается ни фига покупать: с чего это вдруг упускать что-нибудь.

Наконец, я нашла место. Быстренько сунулась, чтобы не опередили. И с подземной стоянки позвонила на её мобильник. Она уже ждала меня. В кафе «Роладин». Усмехнувшись, я пошла к входной двери и, показав сумку охраннику, поднялась на эскалаторе.

Её напряжённую спину я сразу вычислила. Обойдя несколько столиков, подошла к ней. На вид ей было лет сорок. Густые чёрные волосы были собраны сзади в хвост. Взгляд напряжённый, ничего хорошего не предвещающий. Губы крупные. Она ими поигрывала.

— Я — Норма, руку можете не протягивать, — опустилась я на стул рядом. Она, кстати, делать этого и не собиралась. В её глазах я, по-видимому, была ниже по статусу. Она ведь не кто-нибудь, а жена прожжённого адвоката, политикана и бывшего министра.

К нам подошла официантка.

— Капучино, пожалуйста...

— А вам?

---

[3] Модиин — новый город между Иерусалимом и Тель-Авивом.

— Двойной эспрессо. Холодный не приноси.

Я невольно улыбнулась. Как я себе и представляла, было в этой женщине что-то от секретарши, которая в своё время вышла замуж за босса. Такая вот печать во всём облике. Манеры, бойкость, ленивая кошачья грация. Подобные ей бабы не прочь заняться сексом, но он для них — не то, чтобы самое главное. Куда важнее чувствовать себя на высоте. Чтобы все вокруг это увидели и заткнулись. А это ведь — скрытый комплекс сцены. В каждой секретарше есть что-то от актрисы. Только вот не каждой на сцену выскочить.

— Окей, так чем могу быть полезной?

Она встрепенулась. По-видимому, её невыносимо жгло то, что она от меня услышала. В ней шла битва титанов: гонор против риска всё потерять. Жажда мести против страха перед последствиями. Кто победит?

Этот кобель обеспечил ей комфорт, о котором она мечтала с детства. В родительском доме, я уверена, его не было и не могло быть. Можно представить себе, как она завидовала подружкам из обеспеченных семей! Как мечтала сбежать от нужды и серости! И вот где-то в двадцать пять, наконец, ей попался на пути этот сорокалетний конкистадор. Да она готова была на всё что угодно, лишь бы его заполучить! Шла. И добилась! Рабыня, но у султана...

Благодаря ему, Кармону, она попала в узкий круг избранных. Ощутила себя дамой. Ещё бы — жена известного адвоката и политика. Ей бы пришлось ещё немало для этого потрудиться. Шлюха в постели, но старательная ученица в обществе. Такие бабы мужикам нравятся. С ними можно не стесняться и не церемониться. Если будет послушной и не станет надоедать, то можно, как собаку, и побаловать. А если зубы оскалит, то дёрнуть за ошейник: «К ноге, Альма, к ноге!» Но даже самая кроткая собака может при случае очень больно укусить.

— Не постеснялся...

Вот, что её беспокоит! Правда, я ей не очень верила.

— Видите ли, мадам, на самом деле люди — моралисты. Но это не мешает им быть куда более аморальными, чем можно себе представить.

— Такая умная?

Заработала комплимент. Смешно!

— Это не я, это Фрейд.

— А! Так что, он мазо?

— Кто? Фрейд?

— Нет, Омри, мой муж. Кармон...

Она стиснула губы и замолчала. Лицо стянулось в жёсткую маску. Потом, словно исторгая из себя всё, что перед этим ела, спросила:

— И ты что, наручники на него надевала?

— Надевала!

— И лупила?

— Лупила...

Не хватало только, чтобы её сейчас хватила кондрашка.

— Вы в порядке?

Она пришла в себя. Лицо её каменело на глазах. Словно изнутри наливалось бетоном. Она прикусила губу и немножко подождала прежде, чем продолжить.

— Я хочу сделать это вместо тебя...

— Что?

Я даже вскрикнула от неожиданности.

Какое-то время я не была в состоянии произнести ни слова...

— Я заплачу... Хорошо заплачу... — голос её кипел. — Сколько захочешь... Ты ведь говорила, что ты лесби, а он трахнул твою подружку... Что? Неужто простишь?

Она высвободила во мне сжатую пружину. Ту, которую опасно освобождать. Голос продолжал кипеть.

Всё это могло обернуться для меня крупными неприятностями. Риск — дальше некуда. Но во мне уже началась перезагрузка. Руки напряглись, словно снова держали штурвал самолёта. Адреналин зашкаливал в крови, как в полёте. «Джи» за «Джи»[4]! Сверхзвуковые, естественно, я никогда не вела, но представляла себе, как там себя чувствуешь.

— Не думай, я всё подготовлю сама, и он меня не узнает.

---

[4] Джи (g) — обозначение физической единицы ускорения свободного падения $g = 9{,}8$ м/сек^2, характеризует перегрузки.

Я всё ещё не могла прийти в себя.

— Парик. Одежду. Только свет сделай послабее...

Я представляла себе, как ей не терпится. В конце концов, я и сама была бабой. Ей бы хоть раз в жизни из причёсанной и политой духами болонки стать львицей. Амазонкой. Ощутить своё собственное достоинство. Надеть на хозяина ошейник и, хлестнув плёткой, приставить к ноге. «Кармон, кобель, ты что, ещё получить хочешь?» Она уже себе, наверное, представляла, как сечёт его узловатой плёткой. А тот мычит, стонет, просит прекратить. Что, неплохая месть, правда? За все годы унижений и послушания.

Больше всего мне хотелось бы спросить её: «Ты ведь, кажется, назвала меня шлюхой, а? А кто из нас больше шлюха: ты или я? Я ведь ни за деньги, ни за комфорт, ни за звание жены никогда ни с кем не спала. А ты — пятнадцать лет подряд.

Все началось с того, что этот мордатый козёл тебе платил. Создал тебе жизнь, о которой ты мечтала. Летом — пляжи и бутики. Зимой — солярии и рестораны. Утром — домработница и кофе в постель. Вечером — тусовки и бриллиантовое колье на шее. На сколько он старше тебя? Может, скажешь, что ты любила его? Ещё бы! Шлюха тоже любит своего клиента, особенно богатого.

Она положила на стол конверт и поднялась. Я, наверное, должна была её окликнуть, но не стала. Я ведь её не заставляла. Она сама. По собственному желанию. Я-то здесь причём?

— В среду, — сказала я, — вечером, в половине десятого. Что у него обычно в это время? Партийная сходка? Встреча с избирателями?

4

Мики вышла из душевой голая, прикрыв голову полотенцем. Её кожа цвета светлого шоколада отсвечивала и искрилась водяными каплями. И я вдруг почувствовала, как всё во мне сжимается. Она уловила мой взгляд и улыбнулась. Потом лизнула язычком нижнюю губу и призывно прилегла на софу. Что-то поднималось во мне снизу вверх.

Толкало навстречу ей. Заставило, раздевшись, швырнуть одежду на пол.

Мики чуть-чуть выгнулась и откинула голову. Её раскрытые бёдра надвигались на меня как падающий вертолёт. Это был первый аккорд. Потом второй — прикосновение языка. Пока ещё осторожное. Вытягивающее. Настраивающее тело, как гитару. И эти руки — как перебор вздрогнувших струн.

Тело Микки приподнялось. Тихий вздох перешёл в постанывание, пока оно не вылилось в крещендо крика. И наконец — пронзительный свист пропеллера. Это я! Врезалась в оргазм, как в грунт. Вертолёт взорвался. Меня бросило вверх...

Оргазм — экзорцизм, а не награда. Человек рвётся в небо. К плазме творения. У мужчин он — как лава. Они ныряют в него, чтобы сгореть, но вынырнуть снова живыми. Как птица феникс. Ведь это, как ни парадоксально, тоже своего рода мазохизм. Скрытый, недопроявленный мазохизм силы. У женщин всё по-другому. Для них важнее не результат, а дорога к нему. Путь! Долгий, но какой-то при этом лёгкий, светлый и окрыляющий. Парад надежд и предвкушений. Там, вдали, слепит глаза горячий снег вершины. Только вот добраться до него дано не всегда и не всем. Оксюморон? Может быть, но в нём вся загадка.

Но кто же там я?

Всё началось с моего единственного гетеросексуального опыта. Это было семь лет назад. Тренер по кун-фу велел мне остаться после тренировки. Сначала в шутку, а потом всерьёз он меня всё-таки изнасиловал. Не то, чтобы я ничего не соображала, но на меня напал какой-то ступор. Видела всё со стороны и ждала, чем всё это закончится.

Я бы, наверное, могла его одолеть. Почему этого не сделала? Не знаю! Что-то было во всём от любопытства. От неизбежности. И ещё от одной попытки познать окружающий мир.

Только вот мир этот отбил у меня охоту посетить его ещё раз. Он пропах пивом, потом, жадной похотью и болью. А может, это была неосознанная попытка генов убедить меня, что он просто не для меня?

— Если пожалуешься, меня посадят, — хрипло выдавил из себя этот тридцатилетний маньяк. — Что это тебе даст? Вернёт целку? Зато ты теперь женщина.

Вот тогда-то я и двинула ему со всей силой. По яйцам. Он взвыл и орал, как взбесившийся мул. Потом, я слышала, его отвезли в больницу. Больше я его не видела. Но жаловаться он не стал. Свобода, видимо, показалась ему дороже яиц...

Секс — не жадная с голодухи, жратва! Не кусок хлеба с луком и колбасой, которыми набивают брюхо, чтобы потом откинуться в изнеможении. И не трение взбухшего пениса о вагину. Он единственная возможность для двоих стать единым целым. Слиться. Не только физически — мистически! Так для меня, во всяком случае. Я не жрица своей вагины. Мне плевать на корсеты морали. Быть лесбиянкой не извращение. Извращение — это скотоложство, педофилия или некрофилия. На крайний случай, — садизм.

— Скажи, Норма, тебе никогда не хотелось родиться парнем?

— С чего вдруг? — повела я плечами.

Мики пришла в себя. Её многочисленные искусно заплетённые косички взлохматились, и она рассматривала их в ручном зеркале.

Конечно, я сказала ей неправду, и теперь злилась на себя, как девчонка. Хотелось, ещё как хотелось! Может, поэтому я и стала назло себе лесбиянкой?

Кто в этом больше виноват: случайная путаница в генетическом коде или моя вывихнутая семья? Не знаю. Да ни один высоколобый психоаналитик на этот вопрос не ответит. А если ответит — соврёт...

Я ведь отца своего никогда не видела. О нём упоминали только изредка. Как о чём-то неприятном и недостойном. А вот во мне он жил. Где-то внутри. Как птица в клетке. Только на волю эту птицу я выпускала очень редко. Не хотела никому показывать. Делиться ею. Она была моя, и я никому бы её не отдала. Только не было ни одного дня, чтобы я себя не спросила: где ты там, мой непутёвый отец? Почему ни разу не спросил обо мне? Не взял на колени? Не улыбнулся?

Не прижал к себе? Не оставил печать поцелуя? Ведь я столько о тебе думала, так надеялась, так ждала…

Чаще всего его вспоминала моя бабушка, мама моей матери. Я называла её по-английски гранма.[5] По её словам, он был неотёсанным и наглым прощелыгой и позёром.

— Такой, знаешь,— говорила она,— с огненным взором и копеечной душой. Восточный провинциал! Приехал из какой-то израильской дыры покорять мир в Штаты. Крутился здесь после армии. «Я! Я! Вы ещё увидите! Миллионы сделаю!»

Гранма даже смешно поигрывала плечами, изображая набитого амбициями пустышку.

— Подрабатывал случайными заработками. То постеры в моллах продаёт, то что-то подвозит кому-нибудь. Твоя мать как увидела его, так и прилипла к нему. Ну, а когда обнаружила, что беременна, он исчез и не оставил следов. Хоть бы раз дочкой поинтересовался…

Гранма — ещё тот бабец! В своё время она была училкой в районной музыкальной школе в Москве. Мой прадед, её отец, был довольно способным инженером, погиб во Второй мировой войне. Мать шила,— ещё её, еврейку с дипломом искусствоведа, не хватало в Эрмитаж на работу брать!

Музыкально образованная гранма росла в затхлой питерской коммуналке. Уборная в конце коридора с толчком на шестнадцать задниц. Общий звонок в дверь с четырьмя грозными предупреждениями: «Ивановы — один звонок, Петровы — два, Сидоровы — три, Блехманы — четыре». Праздничным шиком считалась колбаса из крахмала со звучным диетическим названием «Докторская», а особым везением — купленные в универмаге чешские туфли.

С одной стороны, это позволяло ей ощущать себя жестоко отторгнутой частью просвещённой элиты. С другой, закусив губы, она зачитывалась яркими номерами, лакированную обложку журнала «Америка», который дарили её матери номенклатурные клиентки.

С юных лет великолепие этого издания было для гранма воплощением заветной мечты. Визой в другую, «настоящую»

---

[5] Grandmother.

жизнь. Это и толкнуло её чуть позже, несмотря на наличие других кавалеров, выйти замуж за деда. Он ведь был сыном польского ювелира из Львова. А в России оказался после заключения пакта между Риббентропом и Молотовым. Семью, естественно, выслали как буржуазный элемент то ли в Киргизию, то ли в Казахстан. Я и сама ведь в той допотопной географии не очень разбираюсь. Деда эта ссылка спасла от газовой камеры, но не от гранма! Я же, честно говоря, ещё не решила, что лучше.

Она как услышала, что он собирается перебраться в Польшу, откуда сам родом, так и не отцепилась от него.

Когда деду было четырнадцать, а моей тётке Мирьям, его сестре, четыре года, он, мальчишка, которому прочили блестящую карьеру пианиста, пошёл работать на табачную фабрику. Вместе с отцом и матерью жили, конечно, очень хреново. Родители часто болели. И если бы дед не подрядился играть в привокзальном ресторане, наверное, голодали бы.

Сначала его воспринимали как циркового бобика, который делает на арене стойку. Пацанёнок! Эдакий чёрный цыганистый малец с лихорадочными глазами извечного мученика. Но уже через месяц он стал непременным членом крохотного полуподпольного джаз-банда. Вокзал был единственным местом, где можно было услышать запрещённую музыку.

Люди приходили туда не столько даже послушать джаз, сколько «съездить за границу». Ведь атмосфера там была как где-нибудь в довоенной Польше, Чехословакии или Румынии. Оркестранты в потрёпанных, но всегда отутюженных костюмах. Сильно поношенные, но начищенные, как зеркала, туфли. Невиданные раньше галстуки-бабочки. Переливы саксофона. Синкопический темп пианино. Шальной стук барабана. И ещё эта воистину неслыханная и невиданная здесь манера раскованно держаться на крохотной сцене! Просто обалдеть: разгул свободы! Империалистический разврат! Где-нибудь в европейской части России, говорила мне гранма, подобную диверсию давно бы разоблачили, а диверсантов-музыкантов отправили бы на лесоразработки в ГУЛАГ. Самое смешное, что мелодии в большинстве случаев импровизировал и аранжировал на месте сам дед.

Дирекция ресторана перевыполняла план на сотни процентов и щедро платила партийным властям, милиции и прокуратуре. Зачем же надо было прикрывать такой золотоносный пласт? Наоборот, его следовало охранять и разрабатывать.

В двадцать лет мой дед Давид остался единственным кормильцем и поильцем десятилетней сестры, родителей похоронили. Они снимали комнату у вдовы влиятельного вельможи. Дед даже пошёл учиться в местную консерваторию. Зарабатывал теперь тем, что писал песни и даже кое-что посерьёзней — кантаты и всё такое прочее. Всё это он продавал не очень плодовитым, но уже известным композиторам. Негр от музыки. Эмигрант в кухне искусства...

Так или иначе, но он дал возможность сестре не только окончить школу, но и поступить на медицинский факультет. И она потом перетащила его в Москву. Вернее, в Московскую область. Её взяли туда на работу врачом скорой помощи. Оба жили одной мыслью — оформить документы и уехать. Сначала в Польшу, потом — куда угодно.

С гранма его познакомили и сосватали местные евреи. Она жила в Москве, и считалось, что брак даст ему возможность получить московскую прописку. Гранма было тогда уже под тридцать. Сестра деда, которая её всю жизнь пламенно ненавидела, рассказывала, что гранма легла под деда уже на вторую неделю знакомства. А ещё через пару месяцев принесла справку от врача, что она беременна. Дед такого напора слёз и обмороков не выдержал, и срочно с ней зарегистрировался. Так что документы на выезд как польским гражданам им пришлось подавать уже втроём. Свою мать гранма оставила в Москве. Та уезжать в неизвестность наотрез отказалась. Она и не подозревала, что её влиятельные клиентки вскоре перестанут шить у неё платья. Они станут получать их из-за границы.

А ещё сестра деда была уверена, что гранма знала про закопанную во Львове её мудрыми родителями ювелирную заначку. И что именно это и сыграло основную роль в её беременности и рождении моей матери. Чтобы закончить неприятный экскурс в семейную биографию, я лишь добавлю, что деревянная коробка, как оказалось, с не бог весть какими драгоценностями, и вправду была доставлена в Москву. Но способ вывезти её за бугор придумала сама гранма.

Перед проверкой на таможне она приняла лекарство против поноса и проглотила несколько бриллиантов. Ей пришлось терпеть до самой Варшавы. В поезде прокакаться было совершенно немыслимо. Представляю, как потом это сокровище вытаскивали из дерьма. А ведь при отъезде из Польши операцию эту пришлось повторить!

На бриллианты из заначки дед купил в Бруклине длинную и неуклюжую квартиру на первом этаже таунхауса. А остальные деньги — их было очень немного — тайно отдал своей сестре и моей тётке Мирьям. Ей надо было протянуть, пока она не получит лицензию американского врача.

— Эта сука, — ругалась тётка, — иначе она гранма не называла, — довела его тем, что он должен стать агентом по продаже недвижимости. С утра до вечера топила его в слезах и упрёках. «Оставь свои занятия музыкой. Ты же видишь, что ничего у тебя не получается. У тебя — жена и крохотная дочь! Займись делом!» И он от неё сбежал. Не мог не сбежать. Куда угодно, то ли в Южную Африку на алмазные прииски, то ли в Намибию. Там его и убили...

Тётка Мирьям была высокой и худой старухой. Седину свою она никогда не красила. А взгляда её побаивались не только больные, но и работавшие под её руководством врачи. Если её нижняя губа начинала едва заметно дёргаться, на обходе наступала мёртвая тишина. Это значило, что профессор Мэри Блехман чем-то недовольна. Курила она беспрестанно, даже ночью. Зажигала сигарету от сигареты. И матюгалась по-русски. Все делали вид, что не слышат и не понимают.

— Твоя курва-бабка, — дымила она, стоя у окна своей квартиры на шестом этаже на углу Пятой Авеню и 89-й улицы, — виновата в его смерти. Угробила гения, старая гнида! Единственно, от чего мне легче, что Давид хотя бы, умер свободным! Знаешь, какое он оставил завещание? Хочешь жить, как собака, а умереть, как человек? Женись! Хочешь жить, как человек, а умереть, как собака? Не женись!

5

— Норма, она придёт сегодня?

— Кто? — спросила я, как будто не знала, о чём она говорит.

— Жена Кармона.

Я кивнула.

— Ты не боишься?

— С чего это вдруг?

— А если догадается?

— Пусть догадывается...

— Это твоё упрямство... Забыла, как тебя вышвырнули из лётной школы, а потом из армии вообще?... Знаешь, сколько у него везде связей? Он же нас со свету сживёт...

— Тебя же дома не будет, Мики. Ты ведь с Наташей договорилась? Ну и переночуй у неё.

— А ты?

— Обо мне не беспокойся.

— Всю нашу репутацию он в две минуты разрушит...

— Вообще-то, репутация самый гнилой товар на свете.

В стереотипном смысле этого слова Мики — настоящая женщина. На что-то решительное сама по себе она просто не способна. Нужно, чтобы кто-то её подталкивал, тащил за собой. Странно, но это не касается вкуса. Здесь она абсолютно самостоятельна. И это притягивает к ней клиенток. Мы открыли парикмахерскую только пять месяцев назад, но клиентки от неё уже без ума. Руки у неё как у скульптора: всё время что-то творят. Причёски, которые она делает, даже самые незамысловатые, — произведение искусства.

Я вернулась к чтению учебника. Поступила в «открытый университет», вроде заочного. Собиралась в кратчайшее время сделать магистерскую диссертацию.

Мики виновато посмотрела на меня. Кажется, я её достала. И, чтобы отвлечь меня от моих мыслей, вдруг спросила:

— Слушай, а почему у тебя такое имя, — Норма?

— В Америке Норм — миллион...

— Нет, правда?

Она меня рассмешила.

— Гранма обожала оперу.

— Оперу? Твоё имя — название оперы?

— В общем, — да! Её сочинил Беллини — известный компо-зитор-итальянец. По сюжету — прямо триллер. Музыкальный, конечно. Верховная жрица друидов во имя любви к римскому проконсулу нарушает данный ею обет. А этот сукин сын взял и бросил её ради другой...

Во взоре Микки появилось лукавое недоверие.

— Кто такие друиды? И что за обет такой?

— Друиды? До французов на территории Франции жили кельты. Их жрецы назывались друидами. А жрицы давали обет безбрачия, — поморщилась я.

Мики рассматривала в зеркальце свой кокетливый язычок. Он быстро-быстро двигался от одного угла губ к другому. Видимо, это ей нравилось.

— Ну и нарушила! И что? Она одна такая?

Цинизм в ней всегда какой-то лёгкий, беспечный. Как и вся она сама очаровательная абиссинская богиня. Ну что за бестактность! Меня это слегка шокировало. Ничего не поделаешь, — разная ментальность.

— Её приговорили к сожжению на костре.

Глаза у Мики округлились:

— Это за что? За то, что она с ним потрахалась?

Немая сцена.

— А он?

— Пошёл вместе с ней на костёр...

— Так не бывает! Не бывает! — с насмешливой изящностью Мики положила зеркальце на стол и улыбнулась мне.

Я не стала продолжать...

Впрочем, сама я сильно сомневаюсь, что Нормой я стала из-за страсти гранма к опере. Первой, кто подверг сомнению музыкальную версию, была сестра моего пропавшего деда Мирьям. Я уже говорила: эффектная была старуха! Высокая, чуть сгорбленная, слегка мужеподобная. Лицо некрасивое, но такое, какое надолго запоминается. И взгляд — долгий, пристальный. Поймав его, можно было подумать, что она в тебе что-то заприметила. И уж такое, о чём ты сама не подозревала.

— Про имя твоё тебе эта старая сука наплела? — спросила меня она однажды. Ох и ненавидела же она гранма!

Я не стала отвечать.

— Ни одному её слову не верь! Врёт! Всё у неё — враньё! Выдумка! Спектакль! Главное — покрасоваться! Выпендрить свою мелкую говённую душонку. Тоже мне, романтическая особа! Для неё романтика, как геморрой для жопы.

По-русски Мирьям матюгалась, как водители скорой помощи, где она в молодости работала, ещё когда жила в Москве.

Но разгадала, в конце концов, тайну своего имени я сама. Дело в том, что для гранма, а потом и для моей матери слово «норма» играло почти магическую роль. Этакий талисман! Билет в другую, счастливую жизнь. Ведь сама она никогда счастлива не была. Да, наверное, и не могла быть. Из-за своего дерьмового характера. Гранма отравляла жизнь не только деду и близким, но и самой себе в не меньшей степени. Даже мне хотя она, не колеблясь, отдала бы за меня свою жизнь. Я была к ней не столько, пожалуй, привязана, сколько её инстинктивно жалела. Лицо её всегда напоминало погребальную маску. А люди не хотят жить рядом с живыми трупами. Только поняла я это всё куда позже...

Детство сказывается на характере каждого человека, как увечье. И если оно было унылым и в постоянной нужде, оставалось два выбора. Либо загнать его прошлое в подкорку, чтобы оно потом не ныло, как больной зуб, всю последующую жизнь, либо безжалостно вырвать из памяти. Заставить себя забыть о нём. Построить судьбу так, словно она принадлежала кому-то другому, не тебе.

Даже через много лет жизни в Америке гранма так и не стала говорить по-английски правильно. Зато американский образ жизни восприняла как божественную заповедь. И такую нельзя нарушать даже под страхом смерти.

— Главное, — внушала она мне без конца и без устали, — не быть хуже других. Как все вокруг! Стараться быть даже лучше. Преуспеть! Такое, конечно, не всем даётся, но ты пересиль себя, если нужно. Ничего страшного! У успеха — свои вкусы. Присмотрись, пойми, повтори! Отклонишься? Пеняй на себя!

Как и для всех среднестатистических иммигрантов, успех был для гранма чем-то вроде божества, а норма — религиозным таинством. Она пыталась вбить эти комплексы и в сознание своей дочери Лили, моей матери. Но та была уже типичной взбалмошной американкой, и у гранма, понятно, ничего не вышло. Достаточно вспомнить об её зажигательном блиц-романе с моим непутёвым отцом. Видимо, поэтому, потерпев сокрушительное фиаско, гранма с такой ядерной энергией и страстью принялась спасать меня.

Я жила у неё с семи лет. С настоящим мужем моей матери отношения у меня с самого начала не складывались, и гранма взяла меня к себе. Думаю, у матери это вызвало вздох облегчения, хотя не обошлось и без слёз самобичевания. Но у таких, как она, натур слёзы высыхают довольно быстро.

Гранма любила меня без ума. Да и кто у неё, кроме меня, был? Дочь? Да ладно! У неё свои дети, которых гранма, если и видела, то в лучшем случае раз в полгода, и то — почти тайком. Мистер Донахью, муж моей матери, гранма на дух не переносил. Так что я была единственной надеждой, которая тоже обернулась для неё сплошным разочарованием.

Что только она не предпринимала, чтобы сделать из меня саму себя, но в сто раз лучше! Пробовала учить музыке, но я брыкалась. Водила на танцы, но я назло ей двигалась неуклюже как медвежонок. Отдавала в школу живописи — меня оттуда со скандалом выперли. Приглашала домой старую перечницу, которая учила меня читать и говорить по-русски, но я ей хамила и не делала уроков. Гранма всё это терпела и плакала, потому что едва она пыталась меня унять, я сразу же сбегала к тётке Мирьям.

В «сумасшедшем доме», где я росла, было три не переносящих друг друга, но самых родных мне «пациента». Мать, которая вынуждена была уступить меня гранма, иначе бы её личная жизнь кончилась тем же, что и в первый раз — одиночеством. Сама гранма и тётка Мирьям. Сестра деда сожгла свою жизнь на костре науки, не найдя никакого смысла ни в семье, ни в любви, ни в удовольствиях. Что касается бабушки, то, будучи продуктом московской коммуналки, она не могла не ненавидеть свою золовку. Та была для неё, видевшей повсюду лишь злопыхательство, зависть и подвох, символом свободы, то есть того, чего она в жизни боялась больше всего.

Уродство окружающей обстановки я чувствовала с ранних лет. Но её ломающая всё вокруг центрифуга не отпускала меня, швыряя в разные стороны. Мать с её неразрешимым чувством вины и раздвоенностью между мной, отчимом и их совместными детьми. Гранма с её дремучим инстинктом самосохранения и страхом перед зловещей неизбежностью чёрного дня. Тётка Мирьям с её ставшей дыбом принципиальностью и гонором. Как же я всё это ненавидела!

Во мне всё бурлило, протестовало, толкало в сторону! Какая тут, к чёртовой матери, норма? Одно сплошное отклонение от неё! Я хотела быть самой собой, непохожей! Только освободиться от её калечащих кандалов было не так-то просто...

В пятнадцать я считала норму кретинизмом. В двадцать — агонией индивидуальности. Ведь смысл её зачастую размыт, как капля краски в тазу с водой. Да и что, скажите, ею считать? Желания? Инстинкты? Или навязанную реальность? Разве они не противоречат друг другу, как уловка и уголовный кодекс? Либо то, либо другое! Попробуйте совместить первозданный грех и ангельскую непорочность.

Но с возрастом человек меняется. И вместе с ним его химия. Что на что больше влияет — физиология на психологию или психология на физиологию, не знаю. Но что-то в тебе ржавеет. Повзрослев, я вынуждена была признать, что смысл нормы — быть границей между порядком и беспорядком. И обойтись без неё ни одно человеческое общество не в состоянии. Только представить себе, что произойдёт, если порядок исчезнет! Но на самом деле она никакая не граница, а лишь принцип. Направление, но не сам путь. Потому что, если ею пользоваться, как автострадой, она приведёт к тяжелейшим авариям. Творчество перечеркнёт бюрократизм, мотор станет тормозом. А ваша норма, ощутив свою безнаказанность и мощь, из простушки Золушки превратится в самодержицу. Злобную и капризную тварь.

Меня лично больше всего бесит, что при этом она предпочитает изображать из себя Жанну д'Арк, Мать Терезу или готовую на жертвы гидессу в кишащих притаившимися опасностями джунглях. Вы — лишь наивные и неопытные туристы, а она вас бестрепетно охраняет и ведёт безопасными тропами. А потому в сторону не отходить, ни к чему не прикасаться и ни на что не наступать: вокруг кровожадные хищники и мелкие гады.

Но джунгли эти в девяноста случаях из ста — вымышленные. Как сейчас говорят, — виртуальные. Следствие среднестатистической, ограниченности. Страха перед неизвестным, лени и ограниченности ума. Если задуматься, — суть нормы убога до скуки.

6

Мики ушла за час до того, как должен был появиться Кармон. Так что Кармоншу она даже и не увидела.

Стемнело. В низких облаках карабкалась луна. В окне, как дорогие шлюхи, подмигивали огни. Я слышала шорох вскипающего на плите кофе, но с трудом заставила себя подойти и погасить конфорку. Свет не зажигала. Внезапно послышался звонок в дверь. Резкий, дребезжащий. Я повернула защёлку на замке. На пороге стояла Сима Кармон.

Вначале я её не узнала. Парик, огромные тёмные очки, плащ. И ядовито-фиолетовые губы. Я отступила от двери и дала ей войти.

— Узнаёшь?

— Да уж... — вышло у меня это несколько растерянно.

— Я готова.

Она начала снимать плащ.

— Можно где-нибудь переодеться?

— Вон там, в спальне, — показала я на дверь. — Ванная нужна? Это слева, рядом.

Её не было минут пятнадцать — двадцать. Меня не покидало скверное предчувствие. Какого чёрта я ввязалась в эту историю? Недаром гранма меня иначе как бунтаркой не называла. Не то, чтобы я испугалась, — нет! Просто что-то мерзко скребло на душе.

С раннего детства я инстинктивно использовала вражду двух самых близких мне старух в свою пользу. Играла ими. Замечали ли это они? Думаю, скорей всего, да. Но ненависть их друг к другу была настолько сильна, что стоило мне сказать «хочу», как, получив отказ у одной, я тут же убегала к другой.

Девчонки меня не очень любили. Да и привлекательной я не была настолько, чтобы меня зазывали в тусовочные компании. Естественно, в отместку я старалась быть поближе к мальчишкам. Вначале это вызывало лишь насмешки, но постепенно ко мне привыкли. Несмотря на протесты гранма, я стала заниматься каратэ.

— Ты же девочка, зачем это тебе? Лучше научись играть на пианино или танцевать!

Тётка Мирьям, услышав об этом, лишь хмыкнула:

— Даже не сомневайся! Иди на курсы каратэ. Сколько я за это должна платить?

Мой первый тренер меня обожал. Говорил, что когда-нибудь я стану чемпионкой и он будет мною гордиться. Тётке Мирьям он сказал, что у меня какая-то недетская настойчивость и упрямство. Это, мол, очень важно в спорте. Но у меня был свой секрет, который я никому не доверяла. Если я на соревнованиях против кого-то выступала, то представляла себе, что это — мистер Донахью или мой непутёвый, не желающий меня знать отец. Правда, в моих фантазиях отца мне почему-то всегда становилось жаль, и всё кончалось тем, что он начинал раскаиваться, а я его прощала. После этого мы вместе отправлялись на один из экзотических карибских островов. И там он катал меня на парусной лодке.

С мальчишками мне было проще. Они не манерничали и не сплетничали. Их отношение ко мне изменилось, когда я пару раз демонстративно швырнула на пол самого сильного из них. Я играла с ними в баскетбол и старалась не отстать в беге...

В двери показалась Кармонша. Боже мой! Никакая шлюха в Тель-Барухе[6] в Тель-Авиве не посмела бы одеться так, как она. Её либо разорвали бы на куски извращенцы и наркоманы, либо через пару минут сунули в фургон полицейские. Это же надо! Чёрная с жёлтыми полосами открытая кофта с выпирающими наружу сиськами и голыми руками. Плотно обтягивающие ляжки тайцы. Ботфорты чуть не до ягодиц. Ярко-красная маска на морде. И не рот, а пещера, в которую запросто поместился бы здоровенный кулак.

Я присвистнула:

— Ну и ну! Вы меня перещеголяли!

Она поморщилась. Ссориться со мной было не в её интересах. Ни слова не произнеся в ответ, стала выкладывать из сумки на стол приобретённое имущество. Перчатки пурпурного цвета. Наручники — фиксаторы для рук и ног. Латексная плётка с ручкой в 18,5 сантиметров. Ошейник…

Ну и достал же её Кармон её, если она пошла на такое! Это даже не бунт — война на уничтожение. Не просто месть — убийство и расчленение ненавистного трупа!

Вот как, скажите, как могла такая баба трахаться с мужиком, если она его в глубине души ненавидела? Уверена, что она проигрывала в воображении сценарии мести всякий раз, когда он в неё врубался. А вообще, восточные бабы — народ мстительный.

— А что, крюки там у вас в спальне над кроватью, чтобы мужиков привязывать?

— Ваш муж это очень любит, — холодно произнесла я.

Кармонша вздрогнула. По губам пробежала невольная гримаса.

— Сексуальные патологии — результат травмированного детства, — подсекла я её как соперницу на соревновании.

Кармонша промолчала, только сжала губы. Видно, поняла: чтобы противостоять мне, нужно подстроиться к моим правилам игры.

— Я смотрю, у вас большой опыт…

Я скосила на неё взгляд. Вы только на неё поглядите!

---

[6] Тель-Барух — злачный район Тель-Авива.

— Видите ли, боль иногда приносит человеку не меньшее наслаждение, чем радость. Кто-то заставил вас, к примеру, страдать. А вы в ответ — причиняете ему боль. И получаете от этого удовольствие.

Во взгляде Кармонши сквозило недоумение. Может быть, даже испуг. Э, милочка, — растерялась?! Ещё бы! Ведь у тебя не было тётки, для которой людские страдания были с одной стороны пыткой, а с другой — надеждой от них избавиться. Всю свою жизнь онкология была для неё богом, а она — его верной и страстной жрицей. Как та, у кельтов, в беллиниев-ской «Норме». Только вот изменить обету она так и не посмела. Осталась без личной жизни и без семьи. Никаких радостей, кроме науки.

Единственным близким человеком для тётки Мирьям была я. Но я не могла дать ей и сотой части той теплоты и того участия, в которых она так нуждалась. Неужели вся её жизнь была одним сплошным разочарованием.

— Эротика и насилие, — снова огорошила я Кармоншу, — неразрывно связаны. Возьмите, к примеру, — оргазм. Вы ведь наслаждаетесь не только от обладания, но и от боли. Парадокс, а?

Кармонша смотрела на меня, как будто я была пришельцем с другой планеты. А может, для неё так это и было?

Я воспользовалась её озадаченностью.

— В химии секса, — с умным видом изрекла я, — инстинкт обладания и муки, как цена за него, могут потом менять знак. Плюс на минус и наоборот.

— Начиталась, — разозлённо выдохнула она. — Что ты о себе думаешь?

И в это время раздался продолжительный звонок в дверь...

Кармонша напряглась. Я показала ей рукой на крохотную комнату без окна, в которой мы с Мики держали своё барахло. В Израиле её называют «шкафом». Потом подошла к верхней полке на кухне и вытащила начатую пачку сигарет «Филлип Морис». Курила я редко. Когда нервничала.

Прозвучали ещё два коротких звонка: Кармон!

Я открыла дверь. Он улыбался. Оценивающий взгляд скользнул по моей короткой юбочке и талии. Остановился на пару секунд на приклеенных ногтях ядовито чёрного цвета. Толстые губы причмокнули, а двойной подбородок дрогнул в насмешливой ухмылке.

— Соскучилась?

— Всю ночь не спала. Ждала. Волновалась…

Вот ничего не скажешь: впечатление он всё-таки может произвести. Что-то есть во всей его повадке властное, жадное, зовущее, более того — подчиняющее. Вот он улыбнулся, и я невольно подумала: а ведь сколько в его улыбке обаяния, сколько свободы и радости.

Кармон прошёл в комнату. Я ещё даже не успела зажечь сигарету.

— Оставь! — бросил он. — Ещё успеешь. Ты ведь знаешь, что я не курю. Не выношу запаха табака.

Я положила сигарету на стол. Он на секунду остановился и осмотрел комнату быстрым взглядом. Что-то ему не понравилось или встревожило его. Он насторожился и даже чуть-чуть нахмурился. Стал принюхиваться. Ноздри его слегка зашевелились, губы сжались. Что это с ним? До меня вдруг дошло: он уловил знакомый запах. Вот курва! Глаза его вдруг из серых стали почти чёрными.

— Моя жена была у тебя?

Я невольно моргнула.

— Эй! Я тебя спрашиваю!

Я стояла, скрестив руки на груди. Не отвечала.

— Она была здесь? И может, ещё здесь? А?!

Голос его стегал. Не слова — плети. Не тембр — острые шипы.

Прожегши меня взглядом, он быстрым шагом прошёл к спальне. Заглянул на кухню. И решительно двинулся в шкафную комнату.

Это был конец…

Нет, — только начало…

Мне послышался голос гранма: «Ты со своим дурацким бунтарством всегда вляпываешься в какие-то истории, а потом тебя надо спасать!»

Она была права. У меня перехватило горло. Сколько бы я дала, чтобы услышать её наяву…

В себя я пришла, когда он вытаскивал жену наружу. Как лабазник — мешок.

— Я твои парижские духи за два километра, дебилка, узнаю! Что, доигралась?

Куда делась вся её уверенность в себе? Она напоминала растерянную и униженную горничную, которую хозяин поймал на краже кольца. Вот-вот вызовет полицию…

— Дура набитая! Ты что о себе думаешь, а?! Развода захотелось? Ты его получишь. В ускоренном порядке. Голой вылетишь!

Его льдисто прищуренный взгляд прошёлся и по мне. Как порыв пропитанного снегом метели.

— Ты, сука, ещё пожалеешь! Крепко пожалеешь! Я тебе, курва собачья, такую жизнь устрою!

Однажды он сказал, что родители его из Польши. Вот откуда и «курва». О себе почему-то я не думала. Я смотрела на Кармоншу, и во мне всё закипало внутри. Она напоминала избитую садистом кошку. В её ослеплённых болью глазах по-животному светили ужас, бессловесная покорность судьбе и мольба: добей меня поскорей! Крупные губы ритмично подпрыгивали. По лицу расплылись жирные и отвратительные разводы грима. Жестокость всегда вызывала во мне невольный протест. Даже если кто-то и заслуживал наказания. Она — от слабости и комплекса неполноценности.

— Собирай свои шмотки, идиотка! — орал взбешённый адвокат. — Поехали домой!

Я встала между ними:

— Никуда она не поедет. Можешь катиться сам. Она остаётся у меня…

Кармон громко захохотал:

— Она что, тоже скрытая лесбиянка?

Мне показалось, что он сейчас накинется на жену. Но он лишь подобрал с пола упавшую маску, швырнул ею в Симу и выскочил из квартиры, хлопнув дверью.

Кармонша сидела, уткнувшись лицом в стол, и по-бабьи всхлипывала. Куда делись бойкость, ленивая кошачья грация? Секретаршу разжаловали в уборщицы при общественном туалете. Выглядела она не на сорок, а на все пятьдесят.

Я налила ей в рюмку «Курвуазье» и пошла заваривать крепкий кофе. Он ей сейчас был необходим. Пусть выплачется.

— Кармон — скотина! Старый кобель. Да пошёл он! — пыталась я её успокоить.

Но она не прекращала подвывать. Монотонно и жалобно. Это от Востока. Запад заставляет сдерживаться. Там эмоциональность — дурной тон, признак недопустимой слабости. Наверное, причина климат. Потомки викингов и готов не любят сантиментов. У чувств должна быть бухгалтерия с положительным сальдо. А память — банковский счёт: лучше обходиться без минуса.

Мне вдруг пришло в голову: как странно, — хищница стала жертвой...

— Давно вы с ним?

— Да хватит выкать! Пятнадцать лет...

— Дети?

— У него — двое. От первой жены. Уже взрослые. Сын — адвокат в Хайфе, дочь в Штатах замужем.

В ней кричало травмированное детство. Отчаяние девчонки из низа, решившей любой ценой оседлать судьбу. Чем она виновата?

Взяв чашку, она прикрыла глаза и, морщась, стала цедить кофе. Глотки были мелкие, неглубокие. Наверное, брала уроки хорошего тона. Как дипломаты или нувориши. «А ты? — спросила я себя. — Кто ты?»

— Ладно! — сказала я. — Помнишь притчу о стакане, если он наполнен только наполовину? Пуст он или полон? Просто ты свою половину выпила, даже не заметив.

Она лишь скорбно покачивала головой.

— Ты что, вообразила, что я легла под него, потому что он богат и известен?

Обалдеть! Вот уж этого я от неё не ожидала. Оправдываться? Передо мной?

— Ты его не знаешь... Он был таким красавчиком... Высокий. Видный... В особенности в форме. У нас ведь офицеры обычно выглядят, как бомжи. Им наплевать на это. А Омри всегда аккуратен, подтянут. Как на параде...

— Ну, ты о нём прямо как фанатка о своём кумире...

Но она была где-то далеко и меня не видела.

— Глаза горят, зовут, раздевают! И смех: громкий, заливистый! Сама начинаешь смеяться как сумасшедшая. Не поверишь, бабы от него таяли. Не он к ним — они к нему липли...

Я не знала: спектакль это или влияние коньяка. Это же надо, она так про старого козла с двойным подбородком и наглым взглядом. И вдруг даже не всхлип, а рыдание:

— Видела зажившие шрамы на его руке?

Я кивнула.

— Его командкар подбили, и он вытаскивал из него обожжённых солдат.

Она снова стала раскачиваться из стороны в сторону, словно оплакивала близкого человека. — Плохо мне, плохо! Сама себя похоронила! Не простит он мне...

— А тебе оно нужно — его прощение?

И вдруг она сказала нечто такое, от чего я просто онемела.

— Я люблю его, Норма!

Не волчица — овца! Настоящая овца...

Я пожала плечами: вот уж не думала, что в таких бабах — взрывной заряд романтики. Она меня озадачила. Я даже достала из ящика пачку сигарет. Обычно я курю редко.

— Ты бы к нему в офис зашла. На стенах — фотографии. Омри Кармон с президентом Клинтоном в Белом Доме. Омри Кармон с Тони Блэром на Даунинг-стрит в Лондоне. С Клинтом Иствудом в Голливуде. С Барбарой Стрейзанд в ресторане...

Люди обычно любят символы. Зачем подробно объяснять, напрягаться, терять время? С помощью символов — костюма, часов, модели машины, погон, украшений можно коротко и ясно дать понять, о чём и о ком идёт речь. Не надо искать подходящих слов, намёков, путаться в объяснениях. Вместо этого, — как в твиттере, черкнуть, скажем, чьё-то имя, и твой собеседник уже знает, что ты имел в виду. Ведь за такого рода именем — успешная карьера и целый путь к ней. Личность потеряла свой персональный смысл, превратилась в код.

Лицо у Кармонши от грима и слёз стало таким, словно она сделала себе грязевую маску. Я слушала её и думала: а ведь и в ней, и в её муже и правда есть что-то общее. По духу и целям. Оба они — своего рода охотники за вкусной и яркой жизнью, за успехом и выигрышем. Своего рода психотип, наверное...

— Первое время он брал меня повсюду с собой. Я жила как во сне, — терзала она самое себя. Я ведь была для него в это время как шкаф или кресло. Самолёты, отели, курорты, резиденции. Говорил, что его возбуждает, когда на меня смотрят голодными глазами. Они хотят меня, но я — только его...

По-видимому, было в этой бабе что-то, что влекло к ней мужиков. Скорей всего, скрытый заряд секса. Зов генов и недюжинного либидо.

— Может, поспишь?

Но ей было не до сна. Она должна была выплеснуть наружу всё, что её переполняло. Человек нуждается в исповеди, иначе его раздавит. Взорвёт изнутри. А если он вдруг вывалит всё это наружу, ему станет легче, чем бы всё ни кончилось.

— Думаешь, он изменял мне? Не поверишь — нет! В постели мы были созданы друг для друга.

— Ладно, — сказала я, — я тебе верю...

Но я ей не верила. Она успокаивала саму себя. Просто не хотела знать правду. Зачем? Жить во сне так приятно, так беззаботно. Вот вам и ещё одно доказательство, что виртуальная жизнь не началась с компьютеров. Она существовала всегда и будет существовать.

Кармонша рассеянно двигала по столу бокалом. Туда-сюда! Туда-сюда!

— А потом мне всё надоело. Захотелось ребёнка. А он — дыбом: не от меня. С меня хватит...

Остановиться как запущенный ядерный двигатель она уже не могла. Человеку всегда хочется того, чего ему не хватает. Бедному — богатства, больному — здоровья, селебрити — любви и обожания.

— И ведь как только я его не просила! Как ни умоляла! А он и не предохранялся никогда. Это уже потом врач его проговорился: да ему семенники перевязали в клинике! Как Биллу Клинтону. И пока вторично не оперируется никаких детей.

Она вдруг встряхнула головой, видимо, эта деталь исповеди показалась ей излишней и даже опасной.

— Слушай, — вдруг сразу сменила она тему разговора. — А ты сама чего ты сюда приехала? Ты ведь — американка...

Обсуждать с ней это вовсе не хотелось. И я, как-то не подумав, лишь бы она поскорей отстала, ответила:

— У меня отец здесь. Хотела с ним встретиться...

В глазах Кармонши загорелся огонёк сочувствия. Перед ней сидела такая же горемыка в детстве, как и она сама.

— А что, бросил? — потеплел её голос.

Я хмыкнула:

— Даже не начинал...

Лучше бы я этого не говорила.

Она схватила меня за руку и драматическим полушёпотом спросила:

— Нашла?

— Нашла! — отмахнулась я.

— Где?

— В Савионе,[7] — уже жалея, что я назвала место, где он живёт, поморщилась я.

— В Савионе? А у кого он работает?

— У него работают, — мстительно усмехнулась я.

Мне вовсе не хотелось, чтобы она сравнивала меня с собой. Вот я и выткнулась, дура набитая.

На всякий случай она сдержанно улыбнулась. Сказалась школа лицемерия, которую она прошла. И я сразу же заняла оборону.

В глазах Кармонши промелькнуло не то недоверие, не то недоумение. Она ещё не знала, как реагировать.

— И кто он, если не секрет?

— Никакой не секрет. Строительный подрядчик. Шмуэль Толедано...

— Толедано? — замерли на месте её зрачки. — Шмуэль? Ты его дочь? И он знает об этом?

Она что, знакома со всеми строительными подрядчиками?

---

[7] Савион — один из самых фешенебельных районов Большого Тель-Авива.

— Узнает, — отрезала я.

Её реакция была ошеломительной.

— А что, ты с ним знакома?

Ее глаза были похожи на горящие угли.

— Виделись? — сказала она словно я сообщала ей жуткую тайну.

Как и всегда при упоминании имени моего злосчастного отца, всё у меня внутри сжалось, как пружина, которая могла вот-вот лопнуть. Кармонша не должна была заметить это, и я решительно бросила:

— Ладно, хватит! Ты устала, иди спать! Я посплю у Мики.

Она потёрла одной ладонью о другую, вздохнула и встала из-за стола.

— Сима! — сказала я ей решительно, — оставь себя, наконец, в покое. Ты себе ещё понадобишься...

7

Я осталась одна. На душе было муторно, и я выключила свет. Виден был только сонно жмурящийся фонарь на другой стороне улицы. В приёмнике тихо плескался джаз. Пел и плакал, перемежая смех и стоны, саксофон. Подрагивал нервным стаккато барабан. Постельной одышкой отзывался контрабас. Такую музыку ощущаешь кожей. В ней жар. Неукротимое дыхание Африки. Ритм джунглей. Приглашение и страсть. Дыхание ночи. Зов оголённых инстинктов. И в конце — экзорцизм...

Если бы не тётка Мирьям, я бы о своём отце так ничего и не узнала. Хотя я без конца приставала к ней с расспросами о нём, она просто не отвечала, и всё. Кремень-баба! Но вся её крутость испарялась, если речь шла обо мне или о моих нуждах.

Даже в раннем детстве она никогда со мной не сюсюкала. Иногда мне приходило в голову, что она просто не знает, что такое ласка. Максимум, что могла себе позволить, — погладить меня по голове. И всякий раз при этом я была несказанно счастлива. Когда однажды я в порыве чувств бросилась ей на шею и стала её целовать, она осторожно, но решительно меня отстранила.

— Никогда больше этого не делай, иначе я расплачусь, — тихо, но твёрдо произнесла она.

И я растерянно сникла. Мирьям скупо погладила меня по голове:

— Норма, мы с тобой сильные, правда?! Не нюни! Помнишь, когда ты была маленькой, я читала тебе «Джунгли» Киплинга? Не забыла? «Ты и я — мы одной крови!» ...

Конечно же, я во всём старалась походить на неё. А это вызывало бурную реакцию гранма.

— С кого ты берёшь пример? — возмущённо сетовала она. — Она не женщина, а мужик в юбке. Слышала, как её прозвали в больнице? «Скальпель» ...

— Откуда ты знаешь?

— Знаю...

Но всем этим гранма лишь отталкивала меня от себя. Никакие её поцелуи не шли в сравнение с ладонью Мирьям на моей голове. Именно она вызвала во мне острый интерес к книгам. И это осталось со мной на всю жизнь. Их в её квартире было великое множество. Достав обычно какую-нибудь из них с полки и держа её в руках, она рассказывала об авторе, а ещё больше о том, что он хотел сказать своим читателям. Поразительно, но даже секс в её трактовке терял свой запретный, постыдный смысл и казался чем-то вполне нормальным и будничным.

Неназойливо, но без устали она приучала меня к сдержанности. Воспитывала во мне чувство собственного достоинства. Учила преодолевать страх и добиваться своего в жизни.

Для меня ей не было жалко ничего. Не говоря ни слова, платила за любую блажь. Конечно, если она выглядела как логически оправданная, а не как каприз. За каратэ. За занятия йогой. За бесчисленные курсы иврита — я с детства готовила себя к встрече с моим, оставившим меня без себя, отцом. Потом за университет...

Мне было пятнадцать, когда она сказала:

— Норма, ты уже почти взрослая и достаточно умна, чтобы понять, что мы с гранма не вечны. А она, кстати, и не очень надёжная тебе опора. Так что наследства ты особого не получишь. У гранма есть только квартира. Её ещё дед купил.

А у меня и той нет. Вот уже двадцать лет я за свою плачу квартировладельцу.

— Мне ничего не нужно, — поспешила я её заверить.

— Ты умная девочка, — она возилась на кухне.

Обычно она покупала готовую еду, но, если ей хотелось меня побаловать, начинала готовить сама. И я, терпеливо жуя что-нибудь пресное и невкусное, изображала полученное удовольствие.

— Да, если бы и было нужно, — улыбнулась она скупо. — Пока я жива, можешь на меня рассчитывать. Но учти — тебе придётся строить свою жизнь самой. Свои не очень большие средства я оставлю для продолжения опытов.

Она вылила из кастрюли кипящую воду, половником загребла макароны и, полив оливковым маслом, переложила на две тарелки. Одну поставила возле себя, другую возле меня. Макароны были как из картона и склеивались.

— Я — как ты, — сказала я ей в ответ.

Она довольно кивнула...

И это было правдой. Чем тяжелее и недоступней казалась цель, тем более упорно я к ней шла. Наверное, это из-за сбежавшего от меня отца. Я должна была, обязана была с ним встретиться и сказать ему всё, что я о нём думаю. Он был как тень, бестелесная, но неотступная. Сукин сын, но почему-то мне так его не хватало! Я видела его во сне, даже наяву. Он жил где-то внутри, и даже если я его с позором прогоняла, он молча возвращался и виновато пристраивался рядом.

Однажды, когда температура у меня зашкалила до тридцати девяти с половиной, мне приснился сон. Я за рулём маленького самолёта. Взмываю, пикирую. Земля внизу то летит на меня как сорвавшаяся с оси, то взвивает меня ввысь как стартовая площадка — ракету. А сзади, плача и умоляя меня его пожалеть, он, мой отец. Но я хохочу и продолжаю его мотать между небом и землёй. Иногда я просыпалась и видела заплаканное лицо гранма. Она отжимала мокрую тряпку, которую окунала в миску с холодной водой. Потом ладонь Мирьям, которая выговаривала гранма:

— Что ты её отпеваешь, дура?!

Этого не объяснить, но сон этот в той или иной вариации возвращался ко мне снова и снова. Я рассказала о нём Мирьям. Она не произнесла ни слова в ответ, только прикрыла глаза. А уже на втором курсе университета я сказала ей, что хочу пойти учиться летать.

— Сколько это стоит? — спросила она.

— Десять-пятнадцать тысяч баксов первая стадия.

— Ты с ума сошла! — вышла из себя гранма, когда узнала, что я записалась на лётные курсы. — И откуда только такая блажь! Неужели эта старая дура согласилась платить?

— Она не дура, гранма, как бы ты к ней ни относилась. Врач-онколог. Профессор, по чьим книгам учатся студенты.

— Дура, дура, дура! К тому же идиотка! — неистовствовала гранма. — Ей на тебя наплевать. Главное, — чтобы нагадить мне...

Надежды гранма не оправдались. Мирьям выписала мне несколько чеков. Гранма устроила ей скандал. Я даже издалека слышала её крики в телефоне.

— Через мой труп!

А через полминуты золовкин ответ. Не ответ — нокаут:

— Ты полагаешь, он кому-то нужен?

Для меня Мирьям навсегда осталась загадкой.

— Старая дева! Посмотри только как она одевается? — не оставляла её в покое гранма. — Уродина! Баба Яга! Не было бы денег — ладно!

Я пыталась её защищать, но гранма от этого свирепела ещё хуже.

— За всю её жизнь ни один мужик на неё не клюнул. Стерва! Молодые врачи боятся её как огня. Стоит ей прищуриться, и все писают в штаны.

Единственным табу для тётки Мирьям был разговор о деде. Лицо её сразу каменело, а глаза наливались льдом.

Однажды я случайно услышала, как гранма чихвостила её в телефонном разговоре. Я бы не обратила на это внимания, если бы она не произнесла в адрес Мирьям какое-то незнакомое мне слово — инцест. В книгах на Пятой Авеню я потом нашла значение этого термина и спросила гранма:

— А что, дедушка жил с Мирьям как с женой?

Гранма посерела. Кровь отлила у неё от лица.

— Что ты такое говоришь? — прохрипела она.

— Это ты так сказала кому-то по телефону.

— Я ничего подобного не говорила, — закричала она, — тебе показалось...

Они были, как негашёная известь и вода. Стоило им столкнуться, и всё вокруг начинало кипеть и пузыриться. То-есть кипела и пузырилась гранма, а Мирьям отвечала ледяным спокойствием и убийственной иронией.

— Зло неизлечимо, — издевалась Мирьям, — и противоядия от него не существует. Единственный способ облегчить боль — делать добро. Но твоя бабка на это патологически не способна...

Это было неправдой. Но на все мои попытки защитить гранма Мирьям отвечала неприступной холодностью...

Я, конечно, не ожидала, что она даст мне всю сумму для продолжения занятий в лётной школе. Но она дала. И у меня к окончанию университета появилась возможность получить права коммерческого пилота. Иначе говоря, начать самостоятельно летать. Гранма к тому времени слегка успокоилась.

— Эта старая тварь воображает, будто заменяет тебе твоего беспутного подонка-отца, — твердила она.

— А знаешь, — сказала я ей, — мне тебя жаль! Ты не способна ужиться не только с другими — с собой самой.

Она заплакала:

— И ты туда же!

В день, когда студенты в клоунских средневековых колпаках выстроились для получения дипломов, Мирьям как бы невзначай сказала мне:

— Ты хотела найти своего отца, Норма. Я тебе помогу...

Я сглотнула слюну. Но напоминать ей ни о чём не стала. Через неделю она сказала, что к ней должна прийти её больная и что мне стоит с ней познакомиться. Я как-то не придала этому значения. Такое случалось уже не впервые. Я обычно играла при этом роль светской дамы, которая привносит в царящую атмосферу лёгкость и непринуждённость.

На углу 86-й улицы и Лексингтон авеню, в венгерской кондитерской, рядом с выходом из метро, она купила шоколадный пирог и достала французскую вишнёвую наливку. Её гостье было около пятидесяти. Невысокая, смуглая, с заразительной улыбкой, она сразу же мне понравилась.

— Если бы не ваша родственница, — сказала она, — я бы давно уже была в лучшем из миров.

— Вот уж не уверена, Веред, что он — лучший, — возразила Мирьям. — Почему-то в него никто не стремится.

Улыбка на лице её гостьи зажглась, как рождественский фонарик. Она провела рукой по коротко стриженой голове и добавила:

— Главное, что профессор Блехман обещала мне, что у меня снова вырастут волосы и я буду по-прежнему соблазнительна.

Разговор, как всегда, шёл ни о чём. Я никак не могла взять в толк, зачем я здесь понадобилась. Но когда гостья ушла, Мирьям, закрыв за ней дверь и не глядя на меня, кинула:

— Через десять дней Веред возвращается домой в Израиль. Она обещала мне, что найдёт твоего отца.

У меня перехватило дыхание:

— Как?!

— Я пригрозила твоей бабке, что, если она не назовёт мне его имя и фамилию, я скажу тебе, что это она виновата в том, что он уехал.

Я почувствовала дрожь в руках.

— Ты — такая же, как и она! — сорвался у меня голос. — Ты мне ни разу об этом не говорила...

Она прикрыла глаза и сказала:

— Сейчас ты взрослая и не сломаешься, если с ним встретишься. Я не уверена, что он бы полетел в Америку, когда ты была меленькой, только чтобы с тобой встретиться.

8

Мы, Мирьям, её больная Веред Алони и я ехали на такси в аэропорт. Толстый негр-таксист за стеклом говорил с диспетчером. Надтреснуто хрипела рация. На дисплее навигатора, подрагивая, мелькала змейка пути. В руках я держала фотографию четвертьвековой давности. Её, не удостаивая меня ответом на мои взгляды, передала мне тут же Мирьям. На ней напряжённо и подозрительно смотрел вдаль худой горбоносый малый лет двадцати пяти-тридцати. Тонкое, нервное лицо. Густые чёрные волосы. Мясистые, чувственные губы. И подпись: «Лили, которую я люблю. Шмулик Толедано».

Толедано... Так, значит, моя настоящая фамилия — Толедано? Не Блехман? Как пошло и недобро устроен мир! Вот мы сидим сейчас молча, погружённые каждая в свою нервную, израненную и скрытную душу, и не можем, — ни сил не хватит, ни мужества чтобы первой признаться в испытываемой ею боли и попросить о помощи. А за окнами — Нью-Йорк, Манхэттен. Ожерелье огней, чьи таинственные письмена мы никогда не расшифруем. Город Большого Яблока, он отплывал от нас, как празднично светящийся фейерверком круизный лайнер в далёкое и загадочное путешествие.

Мирьям, прикрыв глаза, откинулась назад. Не знаю, почему, но мне казалось, что она сильно нервничает. Может, чувствовала, что мы видимся в последний раз.

— Я ведь тоже сука! — сказала она на иврите. — Так и не рассказала ей, что у меня особые надежды на эту поездку.

Муж Веред был генералом авиации. Ещё две недели назад я хотела только одного: взглянуть в глаза своему ненавистному, но неотторжимому папочке. А сейчас откуда-то из глубины всё чаще юрко всплывала надежда: а что если он, этот генерал, поможет мне сесть за штурвал самолёта? Больше всего душа смахивает на опасный перекрёсток — просто вместо машин в ней сталкиваются противоречия...

Всё, конечно, вышло не так, как я себе представляла. Во-первых, генерал меньше всего походил на киношного. Худющий, как жердь, голубоглазый блондин в изношенной форме. Если он мне кого-то и напоминал, то еврея-провизора из бруклинской аптеки за углом от таунхауса, где проживала гранма. Во-вторых, он сразу же поставил меня на место.

— Мы очень многим обязаны Мирьям, — сказал он, неловко почесав за ухом. — Максимум, что я могу для вас сделать, это порекомендовать вас в военно-авиационное училище.

Его английский был правилен, но неуклюж. Звучал так, будто он говорил по-чешски.

— Кстати, условия там каторжные. Девушек — раз, два и обчёлся. Гарантировать, что вы её закончите? — обезоруживающе улыбнулся он. — Не знаю! Выдержите? Буду рад. Нет? Не взыщите! Сделать первый шаг я вам помогу. Но потом...

Я оставалась у них с неделю. Уже на следующий день я заскочила в небольшую парикмахерскую в Яффо, чтобы привести себя в порядок. И там впервые и столкнулась с Мики. Хрупкая светло-шоколадная богиня с многообещающими медовыми глазами и массой тоненьких косичек на изящной головке, она усадила меня в кресло и принялась колдовать над моей причёской.

От неё пахло чем-то пьяняще горьковатым, но захватывающим. Не знаю, почему, но при каждом легчайшем её прикосновении ко мне, по коже начинал пробегать слабый, но ощутимый ток. Я закрывала веки и погружалась в нирвану.

Мики обволакивала меня, слегка прижималась телом, что-то щебетала, отстранялась, вновь чуть прикасалась, слегка надавливала. Это была не стрижка, а секс. Напрягшись, я намертво закусила губы. Уже потом Мики созналась, что осторожно меня «прощупывала».

— Я сразу поняла, что ты — как я, и запала на тебя.

Денег она не взяла. Попросила номер моего мобильника. И я не смогла не дать.

Так начался наш роман...

Было в Мики что-то тёмное и загадочное. Какая-то тайна, закрытые двери, склеп. Она моложе меня на год, но иногда мне казалось, что она вдвое старше. Мики почти ничего не рассказывала о себе и о своей прошлой жизни. Лишь по каким-то намёкам я догадывалась, что ей пришлось пройти через огонь, воду и медные трубы. Но меня это не колыхало. Я влюбилась. Это был дымный чад. Сексуальный пульс был запредельным.

Через неделю мы уже сняли в старом одноэтажном домике в Яффо, комнатку с душем и уборной. Днём я ходила на какие-то собеседования и тесты, подписывала нужные бумаги. Время сжалось в сверхплотный ком, и он превращал нервы в провода высокого напряжения...

Генерал явно помог мне. Я прошла все тесты, и мне назначили день, когда я должна была прибыть на военную базу. Для страховки, на всякий случай, я решила лишь накануне вечером отправиться в Савион, где жил мой отец. Адрес мне легко раздобыл за гроши частный детектив. Савион, в сущности, — тель-авивское предместье, пригород. Россыпь помпезных вилл — своего рода тавро жизненного успеха. Там живут племенные образцы социальной пирамиды. Её верхушка. Очутившись там, вы ощущаете это по непривычной чистоте пустых улиц, по заборам, по атмосфере покоя и комфорта.

Расплатившись с шофёром, подвёзшим меня прямо к дому, я позвонила в домофон.

— Кто это? — послышался женский голос.

— Мне Шмулика... Толедано...

— А кто вы?

— Скажите, что дочь Лили Блехман из Нью-Йорка. Он был её бойфрендом...

Кто-то там возле домофона довольно долго с кем-то перешёптывался.

— Эй! — позвала я. — Вы намерены открывать или нет?

— Сейчас он подойдёт, — глухо прозвучало оттуда.

Через полминуты открылась массивная чугунная калитка. На пороге, на высоте нескольких мраморных ступенек, стоял плотного сложения мужчина в кипе.[8] Седые волосы, чуть с горбинкой нос, полные, чувственные губы. Рядом с ним ещё какие-то лица. В глазах у меня всё плыло и кружилось.

— Ба! — воскликнула я. — Папочка! Так вот ты какой! Ну-ка, глянь! Это ты ведь на фотке, не правда ли? — протянула я куда-то вперёд фотокарточку, которую дала мне Мирьям.

Он тяжело дышал. Лицо его было словно отлито из бетона. То ли от страха, то ли от неловкости.

— Выгонишь? — с ненавистью, смешанной с болью, исторгла я из себя прыгающими губами. — Я уйду сама, не беспокойся!

— Поднимайся, ну! — сказал он придушенным голосом. — Разберёмся...

---

[8] Кипа — маленькая шапочка, которую носят мужчины-евреи, соблюдающие еврейскую традицию.

Тёмные глаза его были налиты досадой и растерянностью. Почти ничего не соображая, я прошла вместе с ним в гостиную. Свет в ней был приглушён. На стене не очень разборчиво гляделись два больших портрета каких-то раввинов.

— Ну, — рассказывай!

— Рассказывай ты! Как ты бросил мою беременную мать и ни разу не поинтересовался своей собственной дочкой. Как сбежал. Как никогда не подал о себе весточки. И как я всю жизнь жила надеждой, что ты обо мне вспомнишь!

— Это всё? — прохрипел он.

Меня буквально взвинтило от обиды. Наверное, так почувствовал бы себя космонавт, подброшенный собственной гравитацией, окажись он на Луне.

— Всё! — крикнула я. — И ещё: знаешь, кто ты в моих глазах? Кусок поддонка! Сволочь! Ничтожество!

Швырнув ему фотографию, я быстрыми, решительными шагами вышла. Меня никто не остановил...

Чтобы стать боевым пилотом в Израиле, учатся три года, а потом подписывают обязательство прослужить ещё семь лет перед выходом в отставку. Я была второй «юбкой» на курсе. Три десятка мужиков и мы вдвоём. Представляете? Выматывающий зной днём. Многочасовые переходы через пустыню — ночью. Тяжеленная ноша военной клади на спине и на плечах. Ориентировка в темноте. Одеревеневшие от тяжести носилки с «раненым», мозолистые ладони. Стёртые в кровь лодыжки. Тоскливое чувство отупения и злости. Не все, даже парни, выдерживали, бывало, и срывались. Мы же упрямо, как роботы, почти теряя сознание, делали то, что нужно. Действовали как во сне. В конце концов, к нам привыкли. Даже перестали видеть в нас «юбки». Я чувствовала себя таким же парнем, как и все остальные.

Вряд ли, кто способен представить себе, но я жила как в бреду. Купила за гроши старую железку — фиат «уно». И, обалдевая, ждала, когда, наконец, меня отпустят на побывку. Теряя дыхание, я мчалась тогда к воротам, чтобы увидеть свой жёлтенький «Уно», а за рулём — Мики. И мы сразу же мчались к себе в Яффо и стремительно бросались в постель...

До встречи с Мики секс не играл для меня значительной роли. Был, конечно, интерес, но какой-то холодный, рассудочный. Не столько эротика, сколько, как сказала бы Мирьям, возрастная физиология. В общем, пустая и вялая. Я даже онанизмом занималась, да и то только пару раз под душем, а потом — надоело. Забыла! Оргазма всё равно не удалось почувствовать. Во всяком случае того, о чём я столько слышала от своих более опытных сверстниц. В конце концов, я решила, что у меня недоразвитое либидо и я страдаю аноргазмией.

И вдруг... Всё стало с ног на голову и меня бросило в центрифугу ненасытной похоти. Одного прикосновения Мики было достаточно, чтобы я напрочь теряла самообладание. Чтобы говорила «да!», если выключенный разум шептал «нет! Ни за что!» Одного её голоса, запаха, высунутого кончика кокетливого языка было достаточно, чтобы, стоя перед ней как перед жерлом крематория, я не была готова броситься в бушующее пламя инстинктов. Не удивительно, что наслаждение, это чаще всего самая тёмная и трагическая сторона бытия.

Из состояния ступора меня вывело лишь известие о смерти гранма. У меня было такое ощущение, что я её предала. Сучка! Бросила, уехала, наплевала! Оставила старуху одну подыхать от одиночества, собственного сволочизма и тоски. Нормального человека эгоцентризм отталкивает, но что с теми, кто заражён этим нравственным эйдсом?

Мать в Америке дозвонилась до министерства обороны. Меня нашли и разрешили лететь на похороны. Все одиннадцать часов полёта я сама себя ела. Нью-Йорк встретил меня припорошенный снегом, как пеплом. Показался мне гигантским снежным кладбищем, где издалека видятся не съёжившиеся от холода дома, а нагромождённые одно рядом с другим надгробья. Они мрачно поглядывали на кутающихся в пальто и кашне прохожих. Меня трясло. Но я не плакала. Не было сил. Лишь стучала зубами.

Мистер Донахью, муж моей матери, приблизился ко мне во время панихиды. Реформистский раввин гундосил молитву, а мой отчим говорил, что мне необходимо оставить доверенность на продажу купленного ещё дедом дома. Там ведь мы жили с гранма после того, как я ушла от матери и мистера Донахью с их детьми.

— Твоя мать — такая же наследница, как и ты, — гундосил он настойчиво. — Так будет лучше всего. Покойницу уже не вернуть…

Он всё говорил, говорил. Но я его уже не слышала. «Сука ты, сука! — терзала я себя. — Хуже, чем сука! Гранма была тебе не только матерью — отцом, дедом, другом, спасительницей! Представляешь, как бы сложилась твоя жизнь, если бы ты вынуждена была и дальше жить с этим пошляком?»

Внезапно я почувствовала на себе чьи-то руки. Без перчаток, хотя было очень холодно и ветрено. По решительному, но ласковому прикосновению я поняла, что это Мирьям…

— Не смей! — шепнула она. — Держись!

И я заплакала. А через несколько часов потом, словно попав под трактор, почти всю ночь молча провыла в самолёте, летящем в Тель-Авив.

Мирьям пережила гранма только на два месяца. Но на её похороны меня уже не отпустили. Она была виновата сама. Послала мне электронное сообщение в своём излюбленном стиле, которое я никогда не забуду: «Норма! Мне осталось ещё лишь пару дней. Я уже полутруп. Лежу в хосписе. И не хочу, чтобы ты приезжала. Пусть я останусь в твоей памяти такой, как была раньше. Живой! Так ты будешь помнить меня куда лучше и больше. А знаешь, не могла не съёрничать она в последний раз, угрызения совести всегда хранятся в памяти куда дольше, чем что-либо другое».

Когда я показала начальнику школы это письмо, он сухо отрезал:

— Желание умирающего свято. Но если вы, курсант Блехман, пропустите несколько полётов, то вылетите с курса.

И я осталась. Я и сегодня поэтому чувствую себя предательницей. Как они там сейчас на небе? Всё ещё ненавидят друг дружку так же сильно, как и всю свою жизнь? Или, может, всё-таки помирились? Неужели вмешался Всевышний?

А ещё через полтора месяца меня вышвырнули с курса. Окончательно и бесповоротно. И снова поводом была Мики.

Если бы она меня предупредила о грозящей нам опасности, но у неё всё было тайной, всё за семью замками. Однажды она по-своему объяснила мне это.

— Норма! Мы жили в разных мирах, а потом встретились. Я многое не могу понять в твоём мире, а ты — в моём. Если начнём объясняться, это добром не кончится.

Я вспомнила об этом, когда однажды ко мне подошёл старшина-сверхсрочник. Как и Мики, он был родом из Эфиопии. Ему было за тридцать. В пепельно-тёмных глазах виднелась та же непроницаемая загадочность, что и у Мики.

— Я тебя знаю, ты подружка Мики.

Такое начало не предвещало ничего хорошего.

— Тебе-то какое дело?

— Хочешь добрый совет? Оставь её в покое...

— А ты кто?

— Старшина Моше Села.

— Это тебя ещё в Эфиопии так звали, — выставила я свои ненаманикюренные коготки, — или ты уже здесь приспособился?

— Найди себе другую. Блонду, поняла?

— А то что?

— Ничего. Я тебя предупредил...

Я спросила у Мики, кто он ей.

— Ну, он знает моего брата...

— И это всё?

Она наивно пожала плечами.

Прошла ещё неделя. Куда-то делся мой мобильник. Обычно я собрана, и ничего у меня не пропадает, но всё может случиться. А ещё через пару дней меня вызвал к себе наш полковник. Ничего хорошего это не предвещало. Не глядя на меня, осведомился:

— До меня дошли слухи, курсант Блехман, что у вас нетрадиционный роман.

Я сразу вспомнила о мобильнике. Только он мог служить доказательством наших с Мики отношений. Вот я и убедилась, что зло действительно неизлечимо, и противоядия ему не существует. Исчезновение мобильника — работа этого типа — сверхсрочника.

Но показывать свою слабость я не собиралась. Да и никакая я не слабая.

— А что, уже нажаловался? — скривила я губы и посмотрела полковнику прямо в глаза. Терять было уже нечего.

Взгляд его покрылся изморозью раздражения. А я, чтобы не видеть этого, сосредоточила своё внимание на трёх «фалафелях»[9] на его потрёпанных погонах, потом на эмблеме ВВС и планку с символами отвоёванных войн. На его счету был десяток сбитых самолётов.

Сердце хлюпало, как парус в сильный ветер. Всё! Конец мечтам! Уходить в несознанку было бессмысленно. Да и гордость не позволяла.

— По-моему, командир, это моё личное дело.

Когда меня припирали к стенке, я уже не думала о том, как реагирую. Теперь его взглядом можно было бы пороть как плёткой.

— Может быть, — кивнул он, — но мы в армии, и я скандалов не потерплю.

Я старалась сдерживаться изо всех сил.

— Вы отчислены. Будете возражать?

Наверное, что-то вроде землетрясения может происходить и внутри человека тоже. Уходит из-под ног почва. Рушатся планы. Глубоко под завалами одиночества и отчаянья остаются дерзания и мечты. Что со мной теперь будет? Куда деваться и бежать? Я ведь теперь одна на всём свете. Раздавленная. Затоптанная. Вышвырнутая...

Закрыв глаза, я рванула дверь и выскочила из кабинета. Ещё чуть-чуть, и из меня бы слёзы брызнули фонтаном. Но меня спас затрещавший мобильник, который возвратил командир школы. Это случилось в самую последнюю секунду, когда грузовик, находившийся от меня на расстоянии не больше метра, чуть не раскатал меня в лепёшку. Раскрыв крышку, я резко бросила в микрофон:

— Норма Блехман!

— Норма, это я, Веред Алони...

---

[9] Фалафели — металлические, вроде цветочков, офицерские знаки различия, а также очень вкусные шарики из турецкого гороха.

Она уже знает! — вспыхнуло в мозгу. Теперь это известно всем вокруг: я лесбиянка! Ну и чёрт с вами. Я вам покажу, как меня жалеть!

— Мне не о чем с вами говорить.

— Есть! За месяц до смерти Мирьям попросила меня открыть для вас счёт в банке Discount в Тель-Авиве. Она знала, что ей осталось недолго, и перевела туда всю свою наличность. Это двадцать пять тысяч долларов. Немного, но поможет вам продержаться.

У меня перехватило дыхание.

— Всё у вас на экране. Адрес банка и номер счёта. Он открыт на ваше имя. То, что с вами произошло, — мужской шовинизм. Средневековая дикость. Мой дом для вас всегда открыт...

Я с силой хлопнула крышкой мобильника. Чёрт, я никогда не носила корсет морали! И жрицей собственной вагины тоже не была! Но делать из меня извращенку только потому, что я лесбиянка? В каком веке мы живём? Подвергать физиологию инквизиции?

9

Впервые после того, как я вылетела из военного училища, я чувствовала себя полной и окончательной идиоткой. Почему я не вернулась сразу в Штаты? Как могла позволить Мики вить из меня верёвки? Какого хрена вдруг пустилась в эту авантюру с садо-мазо? Что заставило меня снять эту квартиру с мясницкими крюками в стене над гигантским ложем? Только потому, что её приглядела Мики?

Чем больше я задавала себе вопросов, тем окончательно убеждалась, что все последние месяцы и вправду жила как в бреду. Нормальный, здравомыслящий человек такого бы себе не позволил. Я всегда гордилась своим мужским характером. И вдруг оказалась в роли секс-рабыни. Зациклившаяся на себе дура! Тупая и слепая корова! Это надо же!

Мики восприняла всё на редкость стоически. Несмотря на всю её женственность, её так просто не сломишь.

— Может, это даже к лучшему,— бравировала она.— Знак судьбы. Подработаем деньжат и уедем. Я слышала, нам можно будет в Штатах пожениться.

— И как же ты собираешься подработать?

— Откроем парикмахерскую. Буду работать. Клиентов я найду, не беспокойся.

— А на какие всё это шиши?

— Но ты ведь сама сказала, что Мирьям оставила тебе двадцать тысяч...

— Хочешь сделать меня парикмахершей?— прожгла я её взглядом.

— С чего вдруг? Возьми курсы в открытом университете, а потом продолжишь где-нибудь за границей.

— Ты уже всё продумала?

Тоненькие косички чуть колыхнулись. В тёмной бездне глаз мелькнул лукавый лучик. Мики простодушно улыбнулась:

— Нор! В Иерусалиме в районе Писгат-Зеев сдаётся помещение под парикмахерскую. Та, что там работала, уехала в Канаду.

— И?

— Не упустить бы, а? Это ведь какой случай...

— И на сколько нам этих денег хватит? Мы ведь за полгода вперёд должны будем уплатить за аренду помещения. А ещё всякое шмотьё...

Тоненький язычок Мики прошёлся по нижней губе, слегка окрасив его слюной. От этого она стала только ещё желанней.

— Нор! Есть мужчины, которые...

— Только шлюхой мне не хватало стать!— взбесилась я не на шутку.

— Ты что?! Ты что?! Я не про это...

Она не на шутку испугалась.

— Просто люди иногда нуждаются... ну, как бы это сказать... быть наказанными, что ли... Для всех вокруг они крутые — дальше некуда! А для себя...

Я смотрела на неё слегка обалдевшим взглядом.

— Да может ли быть человек всё время суперменом? Иногда и ему хочется, чтобы и его пожалели. Может, даже наказали. Кто-то, кто ещё круче, чем он сам...

Садо-мазо! Вон оно что!

Я, конечно, слышала, что она говорила, и даже понимала, но что-то внутри меня самой не давало мне сосредоточиться. Словно слова её относились ко мне и не ко мне. Такое вот пограничное состояние. Между реальностью и галлюцинацией. Сорвался с цепи инстинкт желания: попробуй, останови его!

Золотистая ладонь африканской богини коснулась мочки моего уха.

— Нет, нет и нет! — шёпот её обжигал. — Единственно, чего я хочу, — быть с тобой! Слышишь? С тобой! А потом... потом мы что-нибудь придумаем...

И она обрушилась на меня всем своим телом.

Вздрогнув, я прикрыла глаза...

Я понимала: это не в мою пользу, но идея садо-мазо меня зацепила. Что-то было в ней пугающее и в то же время таинственно-захватывающее и любопытное. Такого, от чего становится не по себе, как при прыжке с высоты без страховки. И что неотвратимо притягивает, толкает нас идти на риск. Ведь это же какой катализатор в крови! Есть в человеческом подсознании что-то древнее, от эволюции. Что заставляло и заставляет нас играть с огнём, лезть в петлю, искушать судьбу, только чтобы узнать и понять, что же там скрывается за семью печатями тайны. А очень просто: если бы не способность к жертвенности, мы бы, люди, давно вымерли, как вымерли динозавры или гигантские птицы. Полагаете, это не соответствует эпохе? Ещё как соответствует! Скажите, а чем отличается прыжок в пропасть без страховки от подготовки астронавтов для полёта на Марс? Это ведь три года туда и обратно, если очень сильно повезёт! И всё ради славы?

Я залезла в интернет, и чем больше там копалась, тем больше увязала. Мы ещё очень мало знаем о вселенной, но ещё меньше — о самих себе. О том, что за гранью знаний, опыта. О грёзах, фобиях, комплексах и, конечно, об извращениях.

Наверное, из-за Мирьям у меня вдруг возникла мысль, что если бы я подалась во врачи, то выбрала бы психиатрию. Почему, скажите, человека вообще привлекает идущий вразрез с принятой нормой сексуальный контакт? Что его к нему толкает? Врождённый порок? Любопытство? Не то соотношение гормонов? Некоторые психологи считают, что источником наслаждения может, как это не парадоксально, стать и боль тоже. Человек совершил то, чего по существующим представлениям не должен был делать. Он не только ощущает, но и понимает свою вину. А вина должна нести за собой неизбежное наказание. Не потому, что грех непростителен, — отступление от существующих правил, то есть ошибка, ещё со времён эволюции наказывалось смертью или увечьем. И это записано в каждом нашем гене, в каждой хромосоме.

Как, скажите, такой мачо, как Кармон, мог докатиться до того, чтобы его секла, унижала и над ним измывалась такая куражистая баба как Сима? Объясните всё биохимией? В крови, мол, вырастает содержание такого гормона, как окситоцин, и сексуальное возбуждение зашкаливает? Стоп, а почему вдруг оно выливается в извращение? Правда, с моей точки зрения, «извращение» — церковно-ханжеское определение, но не в этом дело...

Причины, кстати, могут быть самыми разными. Один лишь пример. У кого-то в руках власть. Он этого не то, что не замечает. Его это не колышет. И всё же где-то внутри самого него, на дне подсознания, шевелится тайная, ещё не осознанная, но не дающая ему покоя мысль: «Я ведь — не только я сам! Это ещё и люди вокруг меня! Те, с кем я связан, без кого самого себя не мыслю. А это уже страх. Страх потери, то есть слабость. И именно этот самый страх толкает тебя на жертву. Потому что боль, которую она тебе принесёт, окупится неожиданным наслаждением. Ты спас! Ты сохранил! Твоя слабость стала внезапно твоим же искуплением. Индульгенцией...

Если бы не этот парадокс, не возник бы такой мощный социальный клей, как альтруизм. Гена благородства и мягкосердечия, увы, не существует! Просто без альтруизма была бы невозможна семья. Да что там-не возникло бы само человеческое общество! Так что трости, верёвки, кнуты и прочая хрень — все эти аксессуары садо-мазо лишь следы виртуального противоборства. Слабость, как это ни парадоксально, может стать силой, а сила слабостью.

Катализатором может стать что угодно. Даже испытанное в детстве потрясение, стыд, страхи, шлепки. Ребёнком недовольны: он ошибся, сознаёт он, а значит должен чему-то научиться. Иначе говоря, понести наказание. Стремление избежать ошибок и есть одна из самых главных заповедей эволюции. Просто ошибка эта опускается на дно подсознания и, как утверждал доктор Фрейд, сублимируется в невроз. На мой взгляд, перверсия, то есть то, что называется извращением, не что иное, как невроз. У женщин, кстати, в отличие от мужчин, это ещё может усугубляться тем, что в своих фантазиях им хочется ощутить себя жертвой насилия. Поэтому они в тайне мечтают не о приручённом муже, а грубом, брутальном самце, который принуждает её к сексу. У него куда более жизнеспособные и сильные гены.

10

Кармонша спала в Микиной комнате. На душе было по-прежнему муторно, и я выключила свет. Светил лишь всё ещё сонно жмурящийся фонарь на другой стороне улицы. А в приёмнике тихо плескался джаз. Он пел и плакал. Трагически взрыдывал, а потом по-шутовски подхохатывал саксофон. Безразлично, как стрелки часов, отстукивал стаккато барабан, старческой одышкой отзывался контрабас. В этой музыке было что-то очень древнее, жестокое и возбуждающее. Зов оголённых инстинктов. Дыхание джунглей. Рычание ящеров и птичий перехлёст. Приглашение к смерти или соитию. И в конце — экзорцизм...

Сквозь сон я услышала, как в душевой заурчал унитаз. Потом послышался шорох воды, это била в стенку струя. Я открыла глаза. Утро. Кармонша пришла в себя. По-видимому, она неплотно закрыла дверь душевой. Не выходила она довольно долго, приводила себя в порядок. А когда, наконец, вышла, то от той, вчерашней, не осталось и следа. Хвост сзади был тщательно уложен. Крупные губы чуть прикушены. Взгляд сосредоточенно напряжённый.

Быстро же она очухалась, не всякая бы так смогла! Достав из дорогущей сумки конверт с деньгами, она положила его на стол. Я следила за ней молча.

— Можешь проверить...

Мне захотелось сбить с неё изрядно общипанную спесь.

— Вам есть куда уйти?

Она смерила меня взглядом.

— Не беспокойся! Всё в порядке...

— Рада, — пожала я плечами. И съязвила, — Вам не позавидуешь...

— Позаботься о себе.

В ней опять проснулась секретарша, вышедшая замуж за босса. Но сама ситуация, в какой она оказалась, к этому не располагала. И Кармонша — ох уж эти бабские шпильки, — отпарировала:

— Ты там поосторожней сейчас...

— Уж как-нибудь, — пообещала я ей.

Я, конечно, понимала, что Кармон такого унижения мне не простит, но не могла представить себе, что месть его настигнет меня так быстро. Уже вечером мне позвонил хозяин квартиры, которую мы с Мики сняли на год.

— Норма, мне очень жаль, но наш с тобой договор придётся аннулировать.

— Стоп! — сказала я. — Он ведь на год, а прошло меньше, чем полгода...

— Ко мне приезжает племянница с детьми. Она просила...

— Менди, — сказала я, — твою племянницу не зовут случайно — Омри Кармон?

Он заткнулся.

— Тогда учти, что ты не только возвратишь мне все деньги, но ещё и выплатишь неустойку. Будешь разговаривать с моим адвокатом.

Никакого адвоката у меня, конечно, не было.

— У тебя неделя.

— Ты что, охренел?

— Если не уберётесь, я вышвырну ваше барахло на улицу.

А ещё через два дня последовал новый удар под дых.

Утром шёл дождь. Небо обложили тучи. Когда мы с Мики спустились вниз, оказалось, все четыре колеса в моей телеге проколоты. Не надо было быть гением сыска, чтобы понять, кто за этим стоит. Мики оглядывалась, словно подонок, который это сделал, и спрятался в одном из подъездов.

— Я тебе говорила...

— Кто родился квадратным, не умрёт круглым...

— Норма, ты его не знаешь!

— А ты?!

— Это неважно...

Я вызвала техпомощь:

— Со мной будет очень трудно связаться. Скажите, к которому часу я смогу получить машину.

— К половине первого, — послышалось в ответ.

Я остановила такси. Довезла Мики до парикмахерской. За десять минут мы не перекинулись даже парой фраз.

— Куда теперь? — спросил шофёр, глядя в зеркало.

— В центр...

Внезапно затрезвонил мобильник.

Скользнув пальцем по гладкому экрану, я ответила:

— Норма Блехман.

— Сука грёбанная, верни фотки! — взревел мобильник.

— Какие фотки? Какое видео?

Шофёр разглядывал меня сзади с явным любопытством. Мобильник истерически залился короткими звонками. Я несколько раз отключала его снова, но потом мне надоело.

— Эй, недоносок, заткнись, пока я не позвонила в полицию!

В трубке кто-то залаял, как ротвейлер в прыжке. Сквозь поток ругани до меня донеслось:

— Те фотки, какие ты сделала своей скрытой камерой, что у тебя в спальне в люстре, шалава!

Отвечать я не стала. Выдержка побеждала всегда и везде. Сила — в узде, а не в плётке. Если бы я ответила, он бы решил, что я нервничаю, и понял, что победил. А сейчас он просто бесится от ярости.

— Разворачивайся, — сказала я шофёру, который глядел на меня не столько с любопытством, сколько подозрительно. — Гони туда, где я оставила подругу.

Я тут же связалась с Мики:

— Нужно поговорить. Я сейчас подъеду...

Когда я вошла в парикмахерскую, Мики кропотливо колдовала над головой клиентки. Голова дамы была похожа на развороченную миной капустную грядку.

Внезапно зазвонил мобильник. На этот раз у Мики. Она довольно долго не отвечала, а мобильник всё звонил и звонил.

— Ну ответьте же! — раздражённо кинула клиентка.

Мики вздрогнула, и я услышала, как она успела произнести: «Алло!»

— Мики! — сказала я голосом строгой хозяйки. — Пожалуйста, выключи телефон. Он мешает работать.

Она подчинилась. Но напряжение вокруг неё было таким, что даже клиентка почувствовала это и удивлённо спросила:

— Что с вами?

Мики деланно улыбнулась:

— Вдруг вспомнила, что мне надо было сделать что-то важно, но забыла...

Находчивая девица. Умеет убедительно врать. И тут же себя осекла: что с тобой? Чем она виновата?

Золотистые глаза африканской богини не отводил от меня взгляда. Она слегка закусывала нижнюю губу и куда более нервно и энергично, чем обычно, укладывала волосы клиентке в кресле. Но я нарочно делала вид, что ничего не замечаю.

Мики права: уши Кармона! Он что, боится, что я его скомпрометирую? Да это ведь с моей стороны это было бы просто самоубийством...

Что ждёт меня теперь, я себе туго представляла. Во всяком случае, ничего хорошего. У Кармона связи и возможности. У меня — только беды и напасти. Судьба уже во второй раз подталкивала меня к краю пропасти. Первый, когда меня выкинули из лётной школы.

11

Мики появилась вечером. Стала готовить ужин: она всегда делала это сама. Я как-то не очень на это способна. Что бы я ни готовила, всегда получалось невкусно. Мы словно поменялись ролями. Теперь она молчала, а я спрашивала.

— Кармон обложил нас со всех сторон. Решил, что в нашей люстре — скрытая камера...

Она пожала плечами и продолжала нарезать овощи мелкими кубиками. Тонюсенькие африканские косички её чуть колыхались.

— Чего ты молчишь?

Она не ответила, и я разозлилась. Смуглое и тонкое лицо её стянулось в маску. Губы чуть вздрагивали. Наверное, хотела бы многое мне сказать, но сдерживала себя как могла.

— Зачем ты вмешала Кармоншу?

— Она меня достала. Сама ко мне пристала!

— Но ведь вызвонила её ты...

Я ощутила, как внутри поднимается что-то нехорошее. Воздух, наверное. Из лёгких.

— Пошла она знаешь куда? — выдохнула я.

Мики ещё сильней закусила губу, и лицо её скривилось:

— Ты не знаешь какая она стерва...

— А ты-то откуда знаешь? И как он вообще у нас появился? Сосватала ведь его ты...

Мики поставила на огонь сковородку, бросила в неё нарезанные овощи и зажгла газ. Голубые язычки пламени жадно облизывали металлическое дно. Я следила за ними пока ждала, что она ответит.

— Ну, я...

— А ты можешь рассказать мне, как ты на него вышла? Какие-то детали...

— Какие ещё детали?

Она стояла у плиты такая экзотическая и загадочная, что у меня перехватило дух. Внезапно я ощутила острое желание. Но с силой сжав веки, я стряхнула с себя наваждение. Ещё чуть-чуть, и меня бы залила с головой похоть.

— Но ведь и квартиру, которую мы сняли, нашла тоже ты, правда? Это что? Никак с ним не связано?

— С чего ты взяла?

Сковородка зашипела. Мики слегка уменьшила огонь.

— Слишком уж много совпадений...

Она попыталась улизнуть от прямого ответа.

— Мне посоветовали риэлтора, и я в ловушке...

— А крюк в спальне для садо-мазо тоже случайно там оказался?

Внезапно голос её охрип:

— Я что, под следствием?

— Тебе не кажется странным, что столько случайностей, благодаря тебе, назначили рандеву между собой?

— Ты хочешь сказать, что я всё подстроила?

— Не терплю, когда меня водят за нос.

— Я тебя никогда не обманывала…

— Иногда молчание — та же ложь.

— Я — тварь, а ты святая, так что ли? — взвизгнула она.

— Знаешь, Мирьям всегда говорила мне: «Не задевай во мне взрыватель!»

Мики села на пол в углу и, раскачиваясь, закрыла уши ладонями.

— Ты ведь была знакома с Кармоном ещё до того, как мы с тобой встретились. Если бы не скрывала это, мы бы обе не наделали столько глупостей.

Она затрясла головой как в припадке. Типичная реакция на страх, подумала я. Сознание способно преувеличивать или преуменьшать опасность. В одном случае вступает в действие подсознание и инстинкты, в другом, — тотализатор отчаянья. Я должна была довести своё следствие до конца.

— Не ты ли клялась, что всё останется между нами? И что, заработав кучу денег, мы через полгода уедем? Откроем, мол, там, за границей, косметический салон и заживём себе в удовольствие…

Мики знобило. Вся съёжилась. За окном наступили сумерки, а они будили внутри что-то злое и обидное. Любое слово обретало остроту штыка.

— Ты меня никогда не любила. Тебе нужен был только секс. Я была твоей игрушкой…

Чего? Фальшь и дешёвая сентиментальность всегда выводят меня из себя. Я даже сморщилась. Ненавижу сентименты.

— Любовь, — улыбнулась я зло, — лишь приличное платье к сексу…

— Какая же ты сука! — вдруг взъярившись, зарыдала она. — Всем, кто тебя окружает, ты приносишь только боль и горе! Своим родным, знакомым, даже мне…

— Приехали!..

— Уехали! Что ты знаешь о жизни, зассыха? Ты когда-нибудь была голодной? Спала в чужих парадных? Тебя лупили ублюдки смертным боем? Орали вслед: «Чёрная потаскуха»? Брезгливо, как окурок в луже, провожали взглядами прохожие? Совали в обезьянник полицейские? Видели в тебе дома лишний рот? Да, пошла ты...

Мне было её жаль до слёз, но я ничего не могла с собой сделать. Внутри всё закаменело. Время застыло, тело налилось свинцовой тяжестью, голова была пуста, словно мне сделали лоботомию. Я ничего не чувствовала, а вместо мыслей в голове стучал чугунный пульс. Меня просто парализовало.

Мики ушла в свою комнату, и я осталась одна. Снаружи уныло дремала застоявшаяся тишина. Неслышный и в безразличный храп ночи нарушали только редкие взвизги амбулансов.

Не знаю, что меня на это толкнуло, но я осторожно открыла дверь в её комнату, подошла к кровати и прошептала:

— Прости меня, ладно?

Плечи её вздрогнули. Она проснулась.

— У меня с детства вкус к баррикадам, Мики. Бывает и такое.

Она тихо всхлипнула, и её золотистые глаза африканской газели зыркнули на меня, пытаясь усечь, насколько я искренна. А я, стараясь продемонстрировать, что с моей стороны всё улажено и не осталось никаких недомолвок, а потому добавила, как ни в чём не бывало:

— Куда только мы возьмём все шмотки? Кресла, зеркала, кушетку, вешалку?

Она вздохнула и грустно улыбнулась:

— Перевезём на склад. Влетит, конечно, в копеечку, но что делать?

Я не знала, что меня ждёт куда более тяжкое испытание.

Завтракали мы молча. Иногда молчание — самая невыносимая вещь на свете. В особенности между людьми, которые, казалось бы, любят друг друга. Я видела, что Мики не в себе и хочет что-то сказать, но не решается. Мы старались не встречаться глазами.

— Мы влопались. Кармон нас в покое не оставит. Жди беды. Ты не знаешь, как он опасен...

— Но ведь тебе-то известно, что никаких скрытых камер в доме не было и нет.

— Мне-то? Да! — ответила она.

— Мики, если ты боишься, я тебя удерживать не стану.

Я, конечно, понимала, что уходить ей некуда, но сказала ей это, чтобы она перестала причитать.

— Слушай, — вдруг высунулся из её тонких классических губ кокетливый язычок, — а что, если обратиться к твоему отцу? У него и деньги, и знакомства...

С трудом, но я всё же ответила ей. Голос было сух и скрёб, как гвоздь по стеклу или консервной банке:

— Никогда больше не вспоминай о нём! Слышала?

Мелко заплетённые косички на голове абиссинской богини испуганно затрепетали.

— Ты что, Норма! Я — потому, что ты даже не представляешь себе, что может выкинуть Кармон. Мы в полной жопе...

— Моего отца нет! — холодно отбрила я её. — Он умер, исчез, растворился!

Она заплакала. А во мне словно сорвался и провис какой-то занавес. Приоткрылось закулисье, и волшебство сцены оказалось жалкой и ничтожной фальшью. Всё — ложь! Один лишь сплошной интерес! Нет, нет, — твердила я себе, — ты уже так наглоталась дерьма, что просто должна взять себя в руки!

Реальность выглядела жалко, отвратительно и постыдно. Мики, понимала я, ещё раньше была как-то связана с Кармоном. С этим расфранчённым и пахнущим французскими духами кобелём, которого мы обслуживали.

И я вдруг почувствовала, что снова начинаю её ненавидеть.

— Знаешь, иногда я думаю, что единственно, что тебе от меня нужно, — стать твоим паспортом. Чтобы укатить почему-то и от кого-то куда угодно. Но от себя не убежишь...

— Не оставляй меня, Норма! Я без тебя сдохну!

12

А вечером...

Дверь была открыта, и мы с Микки, постояв пару минут и переглядываясь, осторожно в неё вошли. В квартире царил кавардак. Шкафы открыты, вещи и разбившаяся посуда вывалены на пол.

— Этого только не хватало! — вырвалось у меня.

На первый взгляд, взломщики ничего ценного не утащили. Пропала мелочёвка: утащили только мою дешёвую фотокамеру-мыльницу и электронную книжку с записанными на ней романами.

— Надо звонить в полицию...

Мики вздрогнула и схватила меня за руку:

— Не надо! Мы всё равно должны оставить квартиру, а то, что пропало, они никогда не найдут. Хочешь неприятностей?

— Это как? Вот так взять и съесть это говно?

— Норма! Поверь мне... Что-то искали и не нашли. Наверное, видеокамеру...

— У нас её не было...

— Ну и что, — не отставала от меня Мики, — Кармон, наверное...

Меня чуть не вырвало от бешенства. Но просто так сдаваться я не привыкла. Не знаю, от кого у меня такие гены? Несмотря на все протесты Мики, я набрала номер полиции. Но она предпочла смыться.

— Я тебя предупреждала, дура! — выкрикнула она.

Через час прибыли полицейские. Целая группа. Ходили. Принюхивались. Приглядывались. Спрашивали. Осведомлялись. Переглядывались. И вдруг какой-то из них залез в кухонный ящик и издал нехороший свист.

— Моти, посмотри-ка, травка!

Их отношение ко мне сразу совершенно изменилось. Из жертвы я превратилась в преступницу. Без всяких церемоний они вытолкнули меня из квартиры, заперли дверь и приклеили какую-то бумажку с печатью. Из дверей выглядывали соседи.

— Ты, шалава, сядешь! Даже не сомневайся! Колись, сука!

Я запуталась в жизни, как неопытный минёр в путанице проводов. И мина взорвалась...

ЧАСТЬ 2

В ЧУЖОМ ОБЛИЧЬЕ

Меня зовут Шауль Санани. Я адвокат. Возраст — 52. Рост — 171. Вес — 76. Волосы чёрные. Глаза тёмно-карие. Жена говорит, как греческие маслины. В общем, ничем не отличаюсь от френков,[10] которые не делают вид, что они европейцы. Откройте телефонный справочник в любом городе, и моя фамилия занимает там хорошие пару страниц. Да и имя не особенно редкое. Тёща моя, Ольга, называет меня чуркой. Стерва старая, думает, я не понимаю по-русски. Да пусть! Ничего, кроме пользы, это мне не принесло!

Голос у неё капризный, визгливый. На лицо столько краски накладывает, что кажется, та вот-вот отвалится. Иногда мне хочется как следует дать ей по башке, чтоб навсегда заткнулась. Но мне суждено терпеть её до последнего её часа...

Почему я всё это говорю? Да потому, что любой из нас, как кто это не скрывай, не один, а два человека. И живут они рядом прикованные, как сиамские близнецы. Просто никто этого не замечает обычно.

Все, да и сам ты тоже, делают вид, что нет никаких близнецов, а что касается разнобоя и ругани — да есть ли кто-нибудь на земле, у кого нет сомнений и колебаний?

Мои снобы — коллеги в чёрных мантиях и с сумками-чемоданами на колёсиках за моей спиной посмеиваются надо мной. Ещё бы, я не очень частая птица в их коршунячьей стае. Цветом кожи смахиваю на эфиопа, повадками на рыночного торговца. Но это мой, как сейчас говорят, «бренд». Визитная карточка. И она мне неплохо служит: во

---

[10] Френки — потомки выходцев из Испании и Португалии в конце XV века.

всяком случае, шпане, которую я защищаю в судах, со мной легче.

Я не морщу нос. Не изображаю из себя великого интеллектуала. И не хожу на профессиональные междусобойчики. А потому она предпочитает меня, а не этих снобов. Что, кстати, неплохо для моих банковских счетов.

В раннем детстве никакой внутренней шизофрении я не ощущал. Отец был механиком в гараже, мать — секретаршей в обрыдлой конторе. Она была моложе его на четырнадцать лет. До него её жизнь, по слухам, была довольно бурной. Крутила роман с сыном известного авторитета. А тот и сам отличался буйным нравом и часто сиживал за решёткой. Этакий нервный и жестокий восточный красавчик, уже подсевший на иглу. Частенько её бивал, а потом ублажал подарками. Так, во всяком случае, твердят родственники моего отца, которые её терпеть не могли. Иначе как шармутой[11] они её и не называли. В конце концов, его всё же посадили за убийство и грабёж на шестнадцать лет. Не помогли никакие деньги.

Отец был из религиозной семьи, учился в ешиве.[12] К религии со временем несколько поостыл, но традиции соблюдал. Субботние трапезы, праздники, в Судный день[13] пост, синагога. Нелюдимый, довольно мрачный и уже потрёпанный жизнью неудачник. Говорил мало и тихо. Музыку любил восточную в основном «мугамы». Умных разговоров не вёл, в сплетнях не участвовал. Иногда играл с соседями в нарды. Но как-то без шума и без азарта. Книг в доме, естественно, не было. Из газет только «Едиот Ахронот».[14]

Мать он вытащил из неприятностей, и она его побаивалась, хотя ни разу не поднял на неё руки, а голос повышал редко. Дружки её первого парня пытались его напугать, но он

---

[11] Шармута (*араб.*) — шлюха.

[12] Ешива (*иврит*) — религиозное учебное заведение, которое готовит учёных к званию раввина.

[13] Судный день (Йом Кипур) — в иудаизме самый важный из праздников, день поста и отпущения грехов.

[14] «Едиот Ахронот» (*иврит*), «Последние новости» — ежедневная газета в Израиле.

проломил гаечным ключом несколько голов, и его оставили в покое.

— Шауль! — это меня тёща зовёт. Если она ко мне обратилась, значит случилось что-то из ряда. Иначе бы не стала.

— Что, Ольга?

— Сердце! Сердце! — икая, бормочет она по-русски. — Плохо мне, болит! Колет. Задыхаюсь!

Я вздыхаю, беру мобильник и спускаюсь к ней, в её комнату. В нос бьёт тяжёлая волна. Горький удушливый запах. Лекарства, косметика, чёрт знает какие травы. Ольга раскинулась на кровати. Дыхание рваное, одышка. Нет, видно, не притворяется...

— Скорая? Записывайте адрес, — бросаю я в мобильник.

И сразу же к ней:

— А где твои лекарства? — буду я её ещё вежливым с этой старой сукой!

Она картинно трясёт рукой, показывая на низ тумбочки. Я достаю пакетик с таблетками, выковыриваю одну из них и засовываю ей в рот. Потом даю запить водой.

Меня она боится, как огня. Ещё тот экземпляр! Дочку свою долгие годы, как комнатную собачонку, дрессировала. Даже когда мы уже женаты были. Мне это, в конце концов, надоело, и я ей через Нелли, жену мою и её дочь, передал: будешь продолжать в том же духе, в дом престарелых угодишь. Там не покомандуешь! Нелли потом всю ночь проплакала. В их грёбаном социалистическом рае дома для стариков, если они и были, то чем-то вроде Гулага. Дорога оттуда одна была — на кладбище. Обычно у них там хоронят с музыкой, наши бы раввины на уши встали! Всё перекладывается на плечи детей. Родили тебя? Так вот ты меня за это и держи. Отрабатывай, отрабатывай свой должок и не жалуйся...

— Ещё минут пятнадцать, и они будут здесь.

Она мотает головой. Зоб на толстой, жирной от мазей морщинистой шее её трясётся. Чёрно-оранжевого цвета редкие волосики на голове — тоже. Она их смесью хны и какой-то дряни красит. Нелли, моей жены, нет. И детей тоже. Тёще и вправду хреново. Я вытаскиваю из тумбочки аппарат для измерения давления. От старухи идёт вазелиновый дух.

— Молчи! — говорю, но она что-то полухрипит и полуше-пелявит. Хрень! 230 на 150...

Снова набираю скорую.

— Шауль Санани, адвокат! Ещё пять минут, и я на вас жа-лобу накатаю...

Подъехала машина скорой помощи. Парамедики торопят-ся. Почти бегут. Видно, угроза подействовала. Старуха тяжело дышит. Мне вдруг становится её жалко. Эгоистка, каких свет не видывал. Made in USSR. Вечно недовольная, неблагодар-ная. Пиявка. Целый оркестр извечных слёз и жалоб. Сколько из-за неё Нелли досталось...

Вначале она и мне свой норов показывала. Строила мор-ды, отворачивалась, шипела.

— Скажи своему чурке... Он такой же адвокат, этот твой чурка, как я министр... Нашла за кого замуж идти...

И это при всём при том, что жила в моём доме и ни гро-ша из своей пенсии даже на детей не потратила. Я из-за них и из-за Нелли её терпел. Старался не обращать внимания. Только однажды не выдержал. В ответ на просьбу какой-то своей знакомой одолжить ей денег она стала рассказывать по телефону, что всю свою пенсию мне отдаёт. Я выхватил у неё из рук трубку и зло проорал по-русски:

— Ещё когда-нибудь меня чуркой назовёшь, старая ведь-ма, я тебя из дома ко всем чертям вышвырну...

Взгляд у неё остекленел. Морда провалилась в шею. Вниз, в свою комнату, она шмыгнула, как зверёк в нору. Даже пред-ставить себе не могла, что я понимаю всё, что она говорит. А когда пришла Нелли, что-то лихорадочно шептала ей на ухо.

— Мам, — успокаивала её дочь, — мы с ним столько лет жи-вём. А с тобой всё время только по-русски разговариваем. Ну не тупой же он, научился...

Война на истощение длилась долгие месяцы. В моём при-сутствии старуха из своей комнаты носа не показывала. Ста-ралась меня таким образом застыдить и усовестить. Но я на эту удочку не поддавался.

По сути, она права была. Внешне я и вправду чурка, хотя, если хочется, могу изобразить аристократа голубых кровей. От этого я и чувствую свою шизофреническую раздвоенность...

— Мы её возьмём, — говорит парамедик в чёрной кипе с погонами на плечах.

Что за чины у них там, понятия не имею.

— Ваша мать?

— А что, похож? — вскидываю я на него насмешливый взгляд.

Тот отчуждённо пожимает плечами.

— Ладно, — говорю я, — не парься — тёща! Куда вы её берёте?

— В больницу Шаарей-Цедек,[15] — отвечает он.

Они уже укладывают её на носилки.

— Думаешь, она причастится святости?

Он недовольно морщится.

— Вечером мы с Нелли приедем, — склоняюсь я на проща-нье к старухе на носилках. И впервые глажу ей руку. Инстинк-тивно.

— С вас восемьсот шекелей, — бросает, скучно глядя в сто-рону, парамедик.

— Это ещё почему? — недовольно кривлюсь я.

— Мы её везём в больницу без направления домашнего врача. Вам потом «Купат-Холим»[16] вернёт.

Я недовольно шмыгаю носом, достаю бумажник и отсчи-тываю восемь соток. Квитанцию он оставляет на столе…

А правда, вот! Кто я на самом деле? Френк? Не совсем! Вус-вус[17]? Уж увольте! Не азиат и не европеец. Не плебей уже, но и не интеллигент тоже. Не шизофрения ли это, а? Два человека в одном? И между ними — война, которая не пре-кращается ни на минуту? А ведь во всём он виноват, Макс! Макс Шрайбер. Это его фотография висит у меня в кабинете. И в офисе тоже. И он смотрит на меня всегда и повсюду со скрытой усмешкой. Больше всего он похож на немецкого гра-фа из немого довоенного кино.

Кстати, это и было в своё время его актёрским амплуа в Голливуде. Красивое такое, чуть надменное лицо. Холод-

---

[15] Шаарей-Цедек (*иврит*), «Врата святости» — больница в Иеруса-лиме.

[16] Купат-Холим — поликлиника одной из страховых медицинских касс.

[17] Вус-вус — презрительное прозвище европейских евреев.

ный, сквозь, взгляд. Цветок в петлице фрака. По виду настоящий ариец, а родился он в многодетной еврейской семье в зачуханной дыре Австро-Венгерской империи, где-то на границе Словакии и Украины. В жизни его всё так странно, так не похоже ни на что и так не вяжется, что всё кажется выдумкой. Как в альбоме, который он перед смертью подготовил. Листаешь и не веришь. Это что, и правда он? Вот этот мальчишка с пейсами в картузике на полинявшей фотографии? Юный иллюзионист в цирке шапито? Может, и этот раненый австрийский солдат с забинтованной головой и повязкой на левой руке? В русском плену в Первую мировую войну? Похож, и ещё как! Неужели и вправду всё это тот же Макс? А тут и вовсе немыслимая метаморфоза: красавчик-крупье в казино в Йоханнесбурге, в Южной Африке. Тоненькие усики а-ля Кларк Гейбл, крупный перстень на пальце...

Что за загадка? Где связующее звено? И уж вовсе хрень: Макс — офицер Вермахта? В ливийском Триполи? В баре с полупьяными собутыльниками? В феврале 1942 года? Стоп, стоп, стоп! А что насчёт его последнего маскарада — фотографии с более поздней датой: солдат в английской военной форме? Всё тот же Макс Шрайбер и никто иной?

Больше четверти века собираю я материалы для книги о нём. Списывался с архивами в Чехословакии, где он родился. Запрашивал в военном министерстве в Англии. В архивах Южной Африки и Германии. Разыскивал людей, которые его знали. Кое-что даже удалось собрать. Документы, письма, свидетельства тех, кто с ним встречался...

Через много лет после его смерти новые хозяева дома, где мы когда-то жили у него с матерью, разрешили мне покопаться на чердаке. Там-то я и обнаружил старый запылённый чемодан с его вещами. А в нём — одну из разгадок. Справку. Из йоханнесбургской тюрьмы.

«Заключённый Макс Шрайбер освобождён по просьбе службы безопасности Его Величества».

И черновик его письма туда с просьбой дать ему, еврею, любую возможность внести свою лепту в борьбу с гитлеризмом. И там же эту фотографию 1942 года, где он в каком-то шалмане в обнимку с подвыпившими роммелевскими[18] офицерами. Интересно бы узнать, какую легенду ему придумали ассы разведки из Лондона? В общем, я их понимаю. Ведь такая экзотическая рыба, как Макс, сама просилась в их сети. Только какой бы ни была придуманная для него легенда, я уверен, что решиться на такое смертельное сальто мог лишь такой человек, как Макс. Ему ведь, крупье незаконного казино, до выхода из тюрьмы, куда его издевательская судьба еврея забросила, оставалось лишь полгода!

Мог преспокойненько их пересидеть. Не рискуя. И не изображать из себя, переодевшись в немецкую форму, в возрасте за сорок австрийского денди арийского происхождения. А если бы его снять штаны попросили? Думать, что на такой шаг он пошёл, чтобы не сидеть за решёткой, могли бы лишь самоуверенные, не очень смыслящие в психологии британские особисты. Да попросись он даже на фронт в свои годы, его бы при всей его сомнительной биографии взяли?

В жизни нет! Но Макс был по нутру своему не просто авантюристом, а магом в цирке жизни. Я уверен: подготовка к встрече с офицерами вермахта при его немецком длилась не очень долго...

Не поддаться его влиянию просто нельзя было.

Если тебе всё время долбят, что сила в узде, а ты — всадник, и твои инстинкты и желания что-то вроде лошади, которой ты управляешь, ты в конце концов к этому привыкаешь. Это и мантрой твоей становится.

Да могла ли устоять против него моя мать хорошенькая двадцативосьмилетняя провинциалочка, которую родители поскорее замуж за угрюмого холостяка выдали, хотя тот старшее её был намного? Они уже раз спасли её. От севшего на много лет за решётку профессионального громилы. Мать в него по уши влюблена была. Что она видела в своей убогой и незадачливой жизни до Макса? Дискотеки дешёвые? Прокуренные кинозалы? Восточные рестораны с гремящей музыкой? В двадцать три уже кормящая мать?

---

[18] Роммель, Эрвин (1891–1944) — немецкий генерал, который вёл наступление на англичан в Африке (покончил с собой, подозревался в заговоре против Гитлера).

С отцом моим, погибшим в Шестидневной войне,[19] жизнь её тоже была ненамного слаще. Мне тогда едва пять исполнилось. Родом отец был из многодетной семьи. Работа с малых лет. Загаженный машинным маслом, воняющий бензином гараж для грузовиков. Старый барак, где семья ютилась. Женился раз, а жена родить не могла, а потом и вовсе заболела. Все ему говорили:

— Бросай, возьми другую, разведись!

А он её до самой смерти выхаживал. Что он, бедолага, видел в своей жизни? Мог себе позволить? А мать моя, оставшаяся вдовой в двадцать три? Образования никакого. Родня мужа терпеть её не может — шармута! Хотя какая она там шармута?

Военную пенсию за отца мать, конечно, получала, но всё равно пошла работать официанткой. Наверное, образумилась как-то. Во второй раз стать непритыкой не хотела. И выбрала венгерское кафе в центре Тель-Авива. А там клиенты совсем из другого теста. Пожилые венгерские евреи. Другой мир. Эпоха. Сладковатый дух венского теста. Лёгкий привкус сигарет. Надтреснутый голос патефона с фокстротом или танго под иглой. И ещё Макс с его манерами элегантного пожилого джентльмена.

Высокий, худощавый, галантный, слегка ироничный — обалдеть! Красивое, мужественное лицо. Прищурено — шальноватый взгляд ласковых голубых глаз. Улыбка, от которой сводит живот. Сказочный, недосягаемый для зашмыганной провинциалочки мир...

Когда я его увидел впервые, Макс показался мне великаном. Ещё бы, рост — метр девяносто. Сухопарый. Ни грамма жира. Одет — не захочешь, но внимание обратишь. Всегда выбрит, элегантно причёсан, доброжелателен. Такой вот осколок начала двадцатого века.

Между ним и матерью разница в возрасте в четыре десятка лет. Две мировые войны, распад империй, революции, коммунизм, нацизм, Европа, Левант! Макс стал для неё

---

[19] Шестидневная война — в июне 1967 года три арабские страны: Египет, Сирия и Иордания в очередной раз предприняли попытку уничтожить Израиль, но тот буквально за несколько часов до этого нанёс упреждающий удар, и война была выиграна.

ожившей грёзой. Героем душещипательного кинороманa. Да могла ли она не согласиться на его предложение начать работать на его крохотной вилле? Хоть кем угодно: поварихой, уборщицей, экономкой!

Поначалу я его боялся и шарахался. Нелегко ведь лесного волчонка превратить в домашнего пуделя. Он все руки вам искусает! Можно представить себе, что я испытывал, когда он разглядывал меня свысока своим гипнотизирующим взором. Небожитель! Как цепенел от его могущества и испуганно вздрагивал, если он ко мне приближался. Он ведь не только меня ни разу не ударил, голоса не повысил.

Тон у него был всегда ровный, насмешливый. Меня от него в трепет бросало. Не мог же он в своём пугающем могуществе знать, что такое жалость и сострадание...

Но Макс, казалось, этого не видел. Вернее, замечать не хотел. Поначалу старался купить меня несложными фокусами. Возьмёт монетку в ладонь, и вдруг из-под воротника её вытащит. Секунду назад я часы видел у него на руке, а сейчас он их из кармана достаёт. Возьми, жестом предлагает, загадай какую-то карту! Тиснет её в колоду, а потом взглядом выпытывает:

— Хочешь, найду?

Я ведь ничего из того, что он говорил, не понимал. Лишь догадывался. По жестам и мимике. Он ведь со мной не на иврите, а только по-немецки разговаривал. И если я отвечал на иврите, делал вид, что ничего не понимает.

А какие мучения за едой были! Перед тарелкой — несколько вилок, ножей, ложек. А ты вот не знаешь, какую из них и как в руки взять. Следить надо внимательно, что Макс делает, а потом добросовестно повторять. Справишься? Улыбнётся и глазами, и улыбкой даст понять: молодец, Шауль! Так держать! А нет? Насмешливо прищурится, и тебе захочется с плачем убежать из-за стола. Защиты у матери искать вовсе нечего. Она точно загипнотизирована. Только слепой не заметит, с каким восхищением она глядит на него. Как иногда кладёт на его руку свою ладонь.

Она ведь впервые в жизни себя Женщиной, Богиней ощутила. Даже в кухне, где готовила, или в его кабинете, где прибирала. Если он прикасался к ней, на кошку становилась похожей. Вот-вот изогнётся, замурлычет от ласки. Когда он был рядом, у неё глаза светились. С Максом жизнь её постоянным праздником была, карнавалом. Когда он брал её в театры или в оперу, со мной оставалась соседка студентка. Он ей за это платил.

Однажды ночью, проснувшись, я подкрался к двери их спальни и услышал, как он рассказывает ей о себе и своей прежней жизни. Она у него на плече лежала и придушенно шептала:

— Макс! Единственный мой!

А когда заболела и слегла с высокой температурой, он ходил по спальне с нею на своих сильных руках и тихо по-немецки напевал колыбельную Моцарта:

— Рыбки уснули в пруду. Птички замолкли в саду...

У неё лицо менялось, когда он звал её: «Михаль!» Об этом говорить не принято, я ведь её сын, но в его присутствии она плыла от желания. Казалось, я мешаю ей, иначе бы она потащила его в постель и оттуда больше никогда не выпускала. Я думаю, и он тоже. Это было счастье — редкая в миру генетически сексуальная близость.

За первые три года он не произнёс, говоря со мной, ни одного слова на иврите. Только по-немецки. Вначале я бесился, устраивал сцены. Но он не реагировал. Мать умоляла: «Отвечай, как он хочет. Только по-немецки!»

Плакала. Заклинала. Угрожала, что вернёт меня в семью отца. Не знаю, что помогло больше — угрозы, упрямое хладнокровие Макса или его вызывающе насмешливый взгляд старого авантюриста:

— Что, слабо?...

Во всяком случае, в начале, чтобы отомстить ему и доказать, что никак не слабо, а потом, что умею не хуже его, я стал дерзить ответом. Макс лишь насмешливо ухмылялся. А я почему-то ощущал от этого прилив гордости. Ошибки мои в немецком он, как ни в чём не бывало, исправлял и подбадривал своим мефистофельским взглядом: сумеешь? И я рвался доказать ему что я не хуже? Сумею!

Что им двигало? Мать была убеждена, что он не хотел забывать язык, на котором разговаривал много лет. Но мне мало в это верится. В Герцлии жило тогда немало немецких евреев, беглецов из нацистской Германии. И общаться с ними он мог в любую минуту. Я всё же догадываюсь: он во мне самого себя видел. Десятков семь лет назад. И по-своему со мной экспериментировал. Ведь в любом человеке творец спит. Он, конечно, может и не проснуться, но эта вот тяга к творчеству всё равно где-нибудь да даст о себе знать. Хотя бы в отношении к собственным детям. Ведь каждый родитель — Пигмалион. И инстинктивно лепит своих чад по своему подобию. Или наоборот, по подобию тех, кто в его глазах куда большего добился. Ему самому жизнь не удалась: удастся ли детям его продолжение? Хотя всё это лишь в нашем воображении существует.

Как-то я услышал он сказал моей матери:

— Михаль! У этого парня идеальный слух. Паганини я из него, конечно, не сделаю, но говорить он будет как немец.

Как у него всё это получалось, не знаю. Он ведь не заставлял — провоцировал! Не учил — в какую-то игру странную вовлекал! Игру острую, запутанную, но увлекательную. Большой человек играл с маленьким, и маленький не сдавался, старался даже иногда победить.

Когда в школе у меня начался английский, он легко и незаметно перешёл на него. Там уже было легче. Игра стала напоминать рулетку, и выигрыш манил, как блэкджек. Наверное, это от него у меня тяга к риску. Неодолимое желание не споткнуться между «можно» и «нельзя». Я слышал, нечто такое бывает у канатоходцев или у психов, которые взбираются без страховки на острые утёсы. Но Макс научил меня сдерживаться. С французским, правда, было хуже. Но я уже потом сам как-то умудрился тренироваться на выходцах из Алжира и Марокко.

Иногда я сам удивляюсь: как же я не сломался? Выжил! Правда, не на одной — на двух планетах. И в двух мирах. Один — Восток. Другой — Запад. А я между ними. На Востоке — викинг. На Западе — индеец. Удрать бы куда подальше! Взвыть во всю глотку! Искусать локти! Башкой о стену забиться! Но всё напрасно! Я ведь и сегодня — во мне два близнеца сиамских. Пара голов, четыре руки, а туловище общее. На Западе «Я» — тот, кто выступает в суде. Мантия адвокатская, рубаха белая, чёрный галстук, чемодан с длинной ручкой складной, что, чуть подпрыгивая, катится за мной. Этот «Я» — европеец. Вернее — левантинец, болтающий на пяти языках. А на Востоке «Я» — совсем другой. Отставший от умчавшейся вперёд эпохи обитатель ближневосточной дыры. Смуглый. Черноволосый. Не прочь послушать монотонную жалобу макамов. Принюхаться к дымку от жарящегося мяса на мангале. Иногда азартно стучащий костяшками, играя в нарды. И, конечно же, с неодобрением поглядывающий на высокомерно мчащееся Время.

Ничего не поделаешь — так вот меня и разорвало между мирами! В одном такие ценности, как семья, честь, религия. Традиции, покорность судьбе. А в другом — свобода и безразличие. Упорство и цель, сухость и сдержанность. Судьба в нём — кон в казино: выигрыш или проигрыш. Причём и то, и другое нужно воспринимать без эмоций.

Запад, по сути, — центрифуга цивилизации. Безжалостная и пожирающая. Сам ты в ней — лишь ошмёток мяса. Не на кого надеяться и некому пожалеть. Хватит силёнок — выстоишь! Не хватит — выжмут, сомнут как лимон, а кожуру выкинут вон. Чаще всего в нём ты всегда и везде один. Сам себе голова, а больше несчастный хвост. Всё решаешь и за всё отвечаешь ты сам. Всем вокруг на тебя наплевать.

Можно, конечно, кричать и доказывать, как это делают пропагандисты новой идеологии, что разные цивилизации скрещиваются, а они — нет! Попробуй скрестить лошадь с ослом — мула получишь, а он ведь бесплоден. Та, что жёстче, жизнеспособней, всё равно в конце концов подомнёт под себя более утончённую и продвинутую. Варвары древние Рим и Грецию на тысячи лет назад отбросили. А крестоносцы и монголы — мусульманский ренессанс. Не только блеск соскребли, дыхание отняли.

Я, кстати, и сегодня не знаю, к какому из миров сам принадлежу и кто я на самом деле. Инопланетянин в скафандре, без которого ни вздохнуть, ни двинуться на чужой планете? Мутант? Трансгендер по духу, не по плоти?

Почему не взбунтовался? Не возненавидел? Не бросил вызов? Куда позже понял: Время — дыхание Создателя. Кто бы он ни был. И не понимать этого — самоубийство. А потому жить прошлым — яд! Отрава! Если куда-то и ведёт этот путь, то лишь в бездну и хаос.

Уверен, за меня всё инстинктивный страх решал. Я ведь себя цыплёнком в индюшачьей стае чувствовал. Из бедной семьи. На стенах портреты раввинов развешаны. Баба Сали, Овадья Йосеф... Страх на самом деле самое жестокое, самое беспощадное чудовище из всех, что есть на свете. Гложет изнутри. Пожирает. Казалось бы, — ни формы у него нет, ни внешности. А он рядом. Как тень. Порой задохнуться заставит. Но чаще как остаточная радиация действует. Не видно его, не слышно, нет запаха и не пощупаешь. А он швыряет тебя как на проволоку под сильным током. Беги! Схитри! Укройся! Сманипулируй! Но порождает не только отчаянье, но и изобретательность тоже...

Ладно, я и вправду двухголовый сиамский близнец! Но ведь Макс-то, вытащивший меня из капкана среды, родился и жил не в раздвоенном мире. В сытой, самоуверенной Европе. А порядок там наведён не человеком — социальной эволюцией. Каждый сам по себе — одиночка! И только за себя! Как же иначе в не приспособленных для жизни условиях севера?! Только поэтому Макс и вырвался из центрифуги рока.

Спросите — как ему удалось? И почему? А потому что, несмотря на взлёт в науке и технологии, на новые горизонты в культуре и искусстве, Европа только сейчас стала напоминать изысканный и комфортабельный парк. А ещё недавно была полными опасностей джунглями. А в джунглях нужно уметь выжить. Макс, по сути, не столько игроком и авантюристом был, сколько сюрвайвером. Сама эпоха его создала и выковала. Сначала в металле. А потом в резину обернула, чтобы не сломался при ударах. Такой ни в воде не тонет, ни в огне не горит. Сколько жизнь его ни корёжила, как ни ломала, он умудрялся не только в живых остаться, но и на ноги вскочить. Судьбу в дураках оставить...

Только вот кончилось для него всё это жестоко и подло. Был пик палестинского террора. Лупоглазый ловчак с щетинистой физиономией и взглядом вороватого торгаша залил Израиль кровью — Ясер Арафат! Его именем матери детей пугали. В Иордании власть хотел захватить — выгнали! В Ливан перебрался — гражданскую войну вызвал! В Тунис сбежал, его американцы пригрели! Мало того, Израиль заставили принять. Ангел мира, мол! Это при нём взрывались автобусы, превращались в огненные ловушки торговые центры, машины на дорогах обстреливались, гибли люди, горела земля.

Мне шестнадцать исполнилось. До окончания двенадцатилетки — два года. С Максом нас к тому времени уже давно тайная привязанность связывала. Словно мы и вправду отцом и сыном были. А тот, что погиб в Шестидневную войну, мне просто причудился. Единственная дочка Макса жила где-то в Австралии, и он с ней почти не общался.

Макс постарел, но не изменился. По-прежнему проводил часы в спортзале, соблюдал диету, играл на бирже. Иначе просто не мог. Иногда выигрывал, иногда проигрывал. Мать тоже стала другой. Куда спокойней, мягче, добрее. Его она по-прежнему любила и баловала как могла. Он был для неё любящим отцом и в то же время любимым ребёнком.

— Шауль, — не уставал он повторять мне, — природа — капризная и стервозная баба. Способна швырнуть любимчику красоту и харизму — живи, наслаждайся и радуйся! Почему? Не спрашивай! Не знаю! То ли это каприз такой, то ли юмор. Что делать, если нет и того и другого? Просто вести себя по-другому.

Вопросов я обычно не задавал: такой уж у меня характер. А он, пронизывая меня своим серым взглядом, как Мефистофель, наставлял:

— Иногда лучше не высовываться. Не слишком это показывать! Очень-очень хочется? Удержись! Самое страшное в людях — зависть. А избежать её можно, только если они думают, что ты глупее и невезучее.

Однажды я не выдержал:

— А ты, Макс?

— Я? — задумчиво ухмыльнулся он такой знакомой мне ухмылкой, — наверное, ещё в животе у матери я так к своей грядущей судьбе подлизывался, так её ублажал, что она наградила меня смазливостью. А разыгрывать разные роли, как актёр, я научился сам. Такое было время, Шауль. Иначе бы сгорел в газовой камере...

Он никогда и ни разу на это не намекнул, но я уверен: осторожность, с которой он готовил меня к взрослой жизни, была связана с моей внешностью. Тёмный с большими и чёрными, как спелые сливы, глазами неуклюжий подросток, я бросался в глаза. Хотя таких, как я, было уже тогда в классе немало. Но им легче было. Барчуки. Из состоятельных семей. А мне мать жизни не давала: «Не ровня ты им!» Да и премудрости мимикрии я не очень поддавался. Из гордости или из упрямства — не знаю! Думаете — заставите? Не бывать этому! Единственно, чего Макс добился, убедил не задевать в других взрыватель ревности...

— Будь самим собой! — наставлял он. — Не высовывайся. Зачем? Ты ведь умён? Умён! Куда умнее других, Шауль! А теперь подумай, если вокруг все будут это знать, они тебе помогут? Не станут мешать? Не помогут! Станут! Зато если ты такой же, как они, не умнее, им дела до тебя нет!

Кроме иврита, я ещё в школе на трёх языках говорил. Только скрывал это. Если урок схватывал быстрее, не подавал и виду. Если видел, что кто-то лезет вперёд, не лез за ним. Не волновало меня всё это. И вообще — я держался в серёдке. Чтобы незаметно было. От провала подальше, но и успех не на показ...

Его старания не прошли даром.

— Ты, Шауль умён, но не блистаешь! Не красавец, но и не урод! Не андердог, конечно, но и не лидер! Не пойдут за тобой. Не для этого ты создан. Дай лезть на рожон, кому это нравится. Ты потом своё наверстаешь. Нет на земле убийцы хуже, чем зависть...

А потом пришёл этот день. Судный день моей матери, Макса и мой собственный. Она поехала покупать рыбу. Макс пытался её отговорить, но она имела на него не меньше влияния, чем он на неё. А через час в последних известиях передали, что палестинские террористы взорвали автобус. Макс почему-то встал с кресла и начал расхаживать по комнате. Не знаю, как и почему, но его инстинкт сюрвайвера подсказал ему, что теракт этот чем-то связан с нами. С ним, с матерью и со мной.

— Почему она поехала? Какого чёрта? — раз за разом повторял он.

В числе убитых была и моя мать. Пришёл к нам и сообщил это офицер полиции с сопровождающим его психологом. Макс окаменел. Даже не пошевелился. Хуже — не издал ни звука. Лицо застыло, между бровями две острые морщины прорезались. Они уже потом и не разгладились. Как Макс сидел в кресле, так в нём и остался. На все мои попытки обратиться к нему никак не реагировал. Я ему коньяка налил. Он только скользнул по нему взглядом примороженным и отвернулся. А ведь Михаль была не только его любовью, но и моей матерью.

На кладбище Макс как автомат двигался. В еврейских похоронах не было и нет никакой торжественности. Всё суховато. Приниженно. Ни выспренности трагической, ни шумных стенаний или криков с истерикой. Только тихий, придушенный плач. Все мы, люди, бренны, — говорит обычай, — и все уйдём туда же! Велик и вечен только Бог! Мы же, создания его, как листья на дереве. Придёт ветер, подует и нет нас в живых. Слышатся только молитвы и тоскливый шёпот «Омен!» Иногда только кто-то скажет несколько слов об усопшем. А потом каждый подберёт камешек и опустит его на свежую могилу. Я, наверное, совершил великий грех — протянул молитвенник застывшему Максу. Чтобы он прочитал. Он ведь так мать любил, а мне одиннадцать лет отцом был! Но Макс меня оттолкнул. У дядьёв моих лица от ярости перекосило. Все на Макса уставились, словно он чудовище адово. Во взглядах испуг, замешательство, злоба.

Не знаю, что мной руководило — я сам, не глядя ни на кого, принялся читать Кадиш.[20] Мне потом один из братьев матери сказал:

— Ты поплачешь потом...

И вдруг этот грешник погрязшего в грехах и суетности мира — Макс, словно очнувшись от долгого ступора, громко произнёс:

---

[20] Кадиш (арам.) — молитва в иудаизме, прославляющая святость имени Бога. Читают и во время траура.

— Да пошли вы все к чёрту!

Настала тишина. Жуткая. Замораживающая.

Наверное, всем было бы легче, если бы вместо этого взорвал себя возле её могилы фанатик-террорист.

Воздух просто загустел от ярости. Дядьёв моих трясло от бешенства. Не будь это похороны, они бы его, наверное, избили. Они ведь верующие. Мне показалось: вот сейчас повернутся и уйдут. Не ушли! Не хотели, видно, гневить Бога и оскорблять покойную.

Кончилось всё ненавидящим и леденящим оцепенением. Сгибаясь к земле и стараясь быть ниже ростом, каждый искал поблизости какой-нибудь камешек, чтобы оставить его, как память, на свежей могиле.

Кто-то из дядьёв — братьев матери тронул меня за плечо:

— Пойдёшь с нами?

Я отрицательно мотнул головой. Я не мог и не хотел оставить Макса одного. Тогда я и подумал впервые, что так, пожалуй, должна выглядеть смерть, если наблюдать за ней, как в телескоп за неизвестной планетой.

Макс потерял интерес к жизни. Он бездумно и ничего не чувствуя и не ощущая, лениво ел то, что я приносил ему из кафе поблизости. Смотрел, как я собираюсь в школу. А когда возвращался, молчал и двигался как сомнамбула.

Мы почти не разговаривали. Он просто подписывал, не глядя, чеки и отдавал их мне. А через несколько недель случился инсульт. С тех пор он вообще не раскрывал рта, с трудом двигался. Я кормил его, как маленького, с ложечки. Он молчал даже, когда я, купая его, обжигал струёй горячей воды...

В его ящике с документами я нашёл электронный адрес его дочери в Австралии и послал ей письмо. Наверное, сочла, что я попросил кого-то написать его по-английски. Не мог же я сам написать его. Но она даже не ответила. А через пять дней, после его угрюмых и жутковатых похорон, вдруг дала о себе знать, прилетев за наследством.

Появилась она в сопровождении нотариуса. И двигала им как гроссмейстер шахматным конём. Я таких стерв на дух не перевариваю. Высохшая пятидесятилетняя мегера.

На морщинистой шее — золотой крестик и крупное колье. Взгляд, как у рыбы, — холодный, неприязненный.

Говорила по-английски, а нотариус переводил. Словно в насмешку над судьбой её звали Сарой, как и мать Макса.

— Спросите у него, — велела она изъеденному жизнью и обрыдлой работой пожилому нотариусу, — оставил ли отец завещание?

Тот спросил. Я пожал плечами: не знаю! На её лице мелькнула тень облегчения. Она даже улыбнулась. Несколько свысока и, пожалуй, даже доброжелательно.

Потом они пошли осматривать дом. Ощупывая взглядом мебель, гостья брезгливо щурилась.

— Надо пригласить оценщика...

Нотариусу было явно не по себе. И он смущённо на меня поглядывал.

— Этот, — двинула она небрежно пальцем в мою сторону, — может оставаться, пока дом не будет продан. Я проверила. На банковском счету отца есть полторы тысячи долларов. Я их оставлю ему. Пригодится, пока он не отъедет к своим настоящим родственничкам.

Нотариус незаметно для неё развёл руками: ну и стерва! Что я говорю по-английски, он не знал, но ситуация ему явно не нравилась. Наконец, нежданная гостья собралась уходить. Я пока ещё не произнёс ни полслова.

— Переведите, — сухо посоветовала она нотариусу, — что этому парню надо поторапливаться. Я долго ждать не собираюсь. Надеюсь, продажа дома много времени не возьмёт...

Она окинула меня безразличным взглядом и встала, чтобы уйти. И тогда меня прорвало:

— Сука грёбаная! — сказал я по-английски, — когда твой отец гнил от инсульта, ты, сволочь, даже не пожелала приехать сюда. Явилась, только, когда умер. Паскуда! Заткни себе в задницу и этот дом, и всё, что в нём!

Этому Макс меня не учил. То, чего я нахватался потом. У дочери Макса отвисла челюсть и остекленели глаза. Нотариус еле сдерживал хохот. Он рвался из него, но губы не позволяли.

— Ну, парень, ты даёшь! — сказал он уже на иврите. — Но ты малый, что надо. Дай тебе Бог счастья и удач! Вот стерва...

В примаках у родственничков мне было несладко. Я был чужим. Своего рода залётным инопланетянином. Меня нельзя было оставить одного: против того вопияла семейная честь. Но хотя мне давали пить и есть, никакой близости не проявляли. «Ашкентоз», — слышал я неодобрительное за спиной. А я ведь ни словом не дал понять, что воспитан в ином мире. Не френк, но и не вус-вус! Чужд и тем и другим. Выродок. Гадкий утёнок, которому никогда не стать лебедем...

В армию я ушёл с лёгким сердцем. Никто меня не провожал. Я смотрел на будущих сослуживцев, которых привозили на своих машинах матери и папаши, но не чувствовал ни зависти, ни даже неприязни. Мне всё было пофигу. Главное, — что я ни на чьей шее, то есть, на государственной, а это значит ни на чьей. Иногда во мне просыпался и до сих пор просыпается Макс. При отборе я скрыл, что говорю на четырёх языках, и что у меня за спиной средняя школа. Так я оказался на курсах шофёров.

В конце концов, меня сделали водителем заместителя командира роты Омри Кармона. Он мне сразу понравился. Весёлый такой, общительный красавчик: он мог обворожить кого угодно. Бывает же, рождаются на свет люди, которые всем нравятся. Лёгкие, бесшабашные, с харизмой за пазухой. Я думаю, ум и галантность нам даются уже при рождении.

Надо мной он посмеивался, но особо не придирался. Только раз, когда, поджидая его, я увлёкся оставленным им на сиденье «Нью Йорк Таймс» и не видел, как он приблизился и за мной наблюдает. Он растолкал меня:

— Ты что, сечёшь по-английски?

— Да нет, просто картинки смотрел...

Он пронзил меня взглядом и усмехнулся:

— Мне никогда не ври! Договорились?

Я не знаю, как он узнал, что у меня среднее образование. Но сунув мне под нос ответ откуда-то, зло выдохнул:

— Колись или проваливай, гад ползучий!

И я рассказал ему про Макса. Он взял меня тогда в кафе и даже накачал пивом.

— Шауль! — хихикнул он, — с тобой не пропадёшь!

Он таскал меня повсюду. Даже по своим бабам. Они по нему дохли. А потом, в 1982-м, началась война в Ливане. И мы отправились туда. Я таких шальных ухарей ещё не встречал. Макс? Но тот был по сравнению с ним аристократом. Сдержан, застёгнут на все пуговицы. Галантен. А этот...

Относился он ко мне, как к младшему брату, и доверял как себе самому. После наступления и осады Бейрута мы не раз попадали в переделки, но как-то умудрялись без крови выкарабкиваться из них. И так до того промозглого зимнего дня, когда ему приспичило трахаться. А до Израиля, хотя бы до Метулы на севере, где у него жила зазноба, было полтора часа пути на машине. Наши войска стояли тогда в Ливане.

Небо было мглистым. Дома вдалеке слабо подмигивали огоньками. Воздух остёр и влажен от дождя. Мы мчались вперёд, пока не захлопали выстрелы. Попали в ловушку. Нас засекли и закидали гранатами. Меня ранило. Омри вытащил меня из горящей машины и стал ползком волочить в ближнюю рощицу. Хорошо, что было темно, хоть выколи глаза. Я терял сознание и ненадолго приходил в себя. Омри пытался по радиотелефону узнать, где поблизости наши. До них оставалась пара километров. Я слышал его глухой, какой-то загнанный голос, и мне мерещилось, что это Макс. Макс, которого я, если честно, любил и кому так доверял. Омри тащил и нёс меня на себе два с половиной часа...

Жизнь обратного отсчёта не имеет. Мчится как снаряд: только вперёд и вперёд. Больше года я провалялся в больнице. Всерьёз о самоубийстве подумывал: ну что я без ноги и с лёгкими, изувеченными осколком, буду делать?

Омри, конечно, не мог не чувствовать свою вину. Приходил навещать каждую неделю. Да я его и не винил. Каждый со своим мотором рождается. Есть люди, говорил я себе, для которых имидж в собственных глазах куда важнее того, что о нём другие думают. И главное для них доказать себе самим, чего они стоят. Вот Омри и лез под любой огонь, в любую кашу. Блефовал. А я с ним. И не просто, а с радостью! Играли с судьбой, как с краплёной картой. Что-то было во всём этом от мальчишеской бравады: я вам ещё покажу, чего я стою...

Ох и худо было в больнице! Фантомные боли. Операции. Физиотерапевты. Чтобы отвлечь меня, Омри всякий раз притаскивал аудиокниги и диски из библиотеки для слепых. Это он меня на литературно-музыкальную иглу подсадил...

Я его так и не продал. Но из армии его всё-таки попёрли. Доказать не могли, но чуяли, что он что-то скрывает. А в армии этого не просто не любят — не терпят. Ещё бы, речь ведь о жизнях идёт!

Демобилизовавшись, Омри поступил на юридический. Родители у него были люди состоятельные. Отец владел магазином. И именно он, Омри, убедил меня податься пока туда же.

— Платит армия, как и твою пенсию, — уговаривал он меня, — ты только не брыкайся. Ты ведь парень умный. Мозги не засраны ни обидами, ни комплексами...

А потом я встретил Нелли. Впрочем, всё это было давно, и похоже на сказку. Как и то, что она уже двадцать три года — моя жена. И ведь терпит меня, шизофреника раздвоенного, хотя я бы сам не смог.

Чем взял и прельстил её — понятия не имею! Хотя, как всё начиналось, отчётливо помню. Шёл дождик. А она на тремпиаде подпрыгивала от холода. Почти девчонка. Голову сумочкой прикрывала: хлестало! Одна, никого рядом. И тьма вокруг. Ну, я и остановился. Она, видно, морду мою почти эфиопскую увидела и не решалась ко мне в фиатик сесть. Им армия меня, инвалида, за непроявленный героизм удостоила.

— Эй! — открыл я тогда дверцу машины. — Да не бойся ты! Я без ноги! И ещё лёгкие простреляны. В насильники даже захочу не гожусь! Не сядешь — чёрт с тобой, мокни!

И она села. Только изредка пугливым взглядом стреляла.

— Шауль Санани, — сказал я ей, самим собой красуясь. — Студент юрфака.

— А меня зовут Нелли. Музыку в младших классах разных школ преподаю.

— Что, вот так и вертишься из одной в другую? Под дождём?

Она грустно так, стеснительно улыбнулась. И вдруг всё её некрасивое лицо стало таким красивым, таким светлым, что у меня дух захватило.

— И давно ты в Израиле?

Русский акцент у неё был — ну, просто не продохнёшь!

— Три года...

Я в это время в Натании жил. Комнату там снимал. А университет — в Тель-Авиве. Вот и ехал туда к другу к экзаменам готовиться.

— И часто ты так припозздняешься?

— Два раза в неделю.

— В эти вот часы?

Она кивнула...

Мы приехали в Холон.[21] Я её тогда до дома подвёз.

— Спасибо! Ты меня выручил...

— А хочешь, — сказал я, — я тебя ещё раз выручу? — вдруг спросил я, сам от себя не такого ожидая.

Я, конечно, и второй раз за ней заехал, а потом в третий. И она как-то оттаивать стала. Нет. Как цветок распустилась! Мы уже свободно болтали с ней. Посмеивались. И я удивлялся, какие у нее глаза голубые и лучистые.

И к тому же стесняться перестала.

— Ты добрый, — сказала она мне однажды, глядя куда-то в сторону.

И меня вдруг изнутри залило теплом... Но она быстренько из машины — нырк! И в темноту...

Это она меня к себе домой привела. И я не забыл, как у моей будущей тёщи скривило рожу. Плечами, когда не видел, пожимала. Только и слышал я с тех пор «твой чурка», «твой чурка»...

Помню, сидели мы за столом. Нелли Бетховена ставила на диске. Или Моцарта. А эта зараза всё время по комнате шмыгала, присутствие своё показывала. Я, конечно, о чём она говорит, еще плохо понимал. И даже с тех пор стал давать бесплатные уроки для тех, кто из России приезжал, с условием, чтобы они со мной по-русски разговаривали, объясняли.

Какой она скандал закатила, когда Нелли объявила ей, что замуж за меня собирается! Рыдания, заламывания рук, обмороки! Сколько это нервов Нелли стоило, скольких слёз!

---

[21] Холон — город в Большом Тель-Авиве.

Мне ещё повезло, что скандалы из их квартиры не вылезали. Могла бы, сыграй мы настоящую свадьбу, на майдан всё выплеснуть. Но денег у меня на это не было, а и позвать кого бы я смог?

Родственнички с обеих сторон меня не жаловали, а унижаться я не хотел. С Неллиной же стороны только она с матерью, а звать своих сокурсников мне, к счастью, не пришлось. Вот мы и решили, раз родственников нет, на Кипре зарегистрироваться: дёшево и удобно. И близко. И никого на свадьбу звать не надо. Единственно, кто с нами туда поплыл, — Омри Кармон. И я за это был ему благодарен.

Тусовок я избегал. Старался нигде и никогда не привлекать внимания. И меня так постепенно как-то оставили в покое. Экзамены я сдавал регулярно без эксцессов. Как Макс в меня втиснул — средне. Ничем не выделялся, не вызвал особого к себе интереса. Считался нелюдимым. Угрюмым таким мизантропом. Социально неуживчивым типом. И это в Израиле, где все запанибрата, все шумят, перебивают друг друга и ведут себя, как футбольные болельщики?

Когда я закончил университет, у меня уже двое близнецов по полу ползало. И паскуда-тёща в трёхкомнатной съёмной квартире. Я ведь для неё как был, так и остался дикарём. Омри, получивший диплом на три года раньше меня, подался в юристы-международники, а потом в политику. А те, кто со мной заканчивали, кто ярче и упакованней, рассыпались по модным адвокатским конторам, в прокуратуру, в недвижимость. Я же со своей рожей и закомплексованностью долго не мог пристроиться, пока не нашёл старого мастодонта от юриспруденции.

Он когда-то занимался делами Макса и бывал у нас дома. Что больше на него повлияло — моё отчаянье или какие-то давние сантименты, не знаю. Но он взял меня к себе, и я три года служил ему верой и правдой. Мне он сбагривал всё ещё ослеплённых его былой славой мелких и незадачливых клиентов из социальных низов. По-видимому, и он тоже в своё время сам хорошо нахлебался в адвокатском океанариуме.

Хищники от судейства мелюзгу глотают со вкусом. Не отказывался даже от самого плёвого дела. Просто поручают это молодым адвокатам, работавшим у них на подхвате. Впрочем, возможно, боссом моим не столько своё благородство двигало, сколько вполне практические соображения. Ведь я по своё внешности был таким же, как те, которых принято было не замечать. Из той же породы. Взгляд на мне, как и на них, не очень фиксировался. Словно мы были прозрачными. Как и на них, на мне проступало несмываемое клеймо социальных низов. Что-то вроде нимба, который хорошо различим издалека на андердогах. Это напоминает лейтмотив киплинговской «Книги джунглей», которую я не раз читал своим детям: «Ты и я — мы одной крови!» Поэтому мне такие клиенты доверяли куда больше. Не стеснялись меня, не скрывали. Охотно делились бедами и слезами.

Я не играл, как в театре, величественную роль супермена. Избегал пафоса. Не произносил громких слов. Не перебивал. Не поигрывал, как мускулами, иностранными словечками. Больше спрашивал, чем говорил. Не преувеличивал. Был предельно честен. И даже к бандитам относился, как врач, к которому они обратились.

Всё это настолько отличалось от шаманской наглости моих коллег, что позволило мне постепенно значительно расширить рабочую нишу. Мне запомнили, что с бедолаг я брал символическую плату, а отпетых бандюганов облагал гонорарами.

Могу поклясться, что, если бы меня до этого не довели, я бы никогда на такое свинство, о котором хочу рассказать, не пошёл бы. Но меня достал до дна тогда Мендель Гурвич — правовой король израильской юриспруденции. Здоровенный такой амбал за шестьдесят. Череп голый, морщинистый, голубые глазки маленькие, острющие, голос — иерихонская труба. Я тогда полетел на конференцию в Гамбург и взял с собой Нелли. Гурвич меня не знал, но выделил мою явно неевропейского вида внешность и стал отпускать в мой адрес сомнительные шуточки. И тем гнуснее, между прочим, чем больше я молчал.

Своё возвращение домой делегаты отмечали в старом, ещё имперского стиля ресторане. На окнах тяжёлые, в тонну весом, занавеси. На потолке люстры, как в нью-йоркском

«Тайм Ворнер Сентр» на Колумбус-сквер. Столы для заказанного торжества сдвинуты. На них белые, как снег, накрахмаленные скатерти. А поверх — готические соборы хрусталя. Картины все в дорогущих рамах: на счёт ценности, правда, не знаю. Официанты скользят безмолвными тенями. Ничем, видно, помешать не хотят. На маленькой эстраде в углу — небоскрёб из крема и шоколада.

После официальной части, когда тот самый Мендель Гурвич произносил свою коронную речь, он уселся на пустой стул напротив меня. Так уж получилось...

— А, это ты здесь?! — загототал он своим сытым громовым смехом...

По его бритому черепу пошли гулять в разные стороны глубокие морщины. А маленькие глазки за мощными бровями баловня зацепились за меня, как удочка во рту у рыбы-жертвы.

— Я, уважаемый господин Гурвич, — извиняющимся тоном подхалима подхватил я, изображая восторг и умиление. Ещё бы — король израильской юриспруденции!

Он добродушно рассмеялся. А я про себя подумал: «Ты там не особо — я ведь тебя с большим удовольствием обосру». Тем более, что Нелли, когда услышала мой тон, на меня удивлённо взглянула.

— А ведь здесь довольно дорого, — не постеснялся этот сукин сын прогрохотать, глядя на сидящую рядом со мной Нелли.

Я на неё не смотрел. Вжавшись куда-то внутрь, лишь робко пронюнил:

— Вот, продал семейную реликвию — бабушкино кольцо. И приехал. Уж очень хотелось...

То ли этот бегемот не понял издёвки, то ли я был в его глазах настолько мелок и ничтожен, что не надо было обращать на меня внимания, но правовой король израильской недвижимости икнул и добродушно рассмеялся:

— А ты парень не промах...

— Стараюсь, — в пандан ему ответил я. — Может, заметите...
У моей жены побелело лицо.

— Он своё получит! — тихо пообещал я ей. — Я не шучу...

Израильтян было шестеро. Но выделялся, как всегда, только Гурвич. Он пытался острить по-английски, хотя немецкая речь преобладала. Выходило это у него, кстати, довольно пошло и натянуто.

Он сделал знак официанту с первой бутылкой вина в руках, и тот жестом иллюзиониста поднёс её мне под нос. По всей видимости, Гурвич решил, что получит удовольствие от моей неловкости и смущения.

Склонившись в балетном па, официант открыл бутылку и плеснул вина мне в бокал. Чуть раскачивая его и рассматривая на свет, я поднёс его к носу и слегка поиграл ноздрями. Нужно было видеть, какая гримаса появилась на лице Гурвича...

Чтобы поставить меня на место, он кинул в меня острый, как скальпель, взгляд и, показав на меня пальцем, уже на «вы» осведомился:

— Простите, коллега, не помню вашего имени, вы, видно, тонкий знаток вин?

Я не среагировал. Впрочем, если кто и обратил внимание на эту выходку, — тут же о ней забыл. Потом подали в дорогой посуде лобстеров — любимое лакомство Макса. А тот в своё время вымуштровал меня обращаться с ними, как на обеде у британской королевы. Правда, я не ручаюсь, что она тоже, как и Макс, любит лобстеров.

Нелли к еде не прикоснулась. Впрочем, я видел, что далеко не все из присутствующих свободно владели щипцами. Я же заиграл ими, как фокусник платком. Колдуя боковым зрением, наблюдал, как злорадство на прикованной к моей тарелке морде лорда израильской юриспруденции медленно расплывалось в сплошное разочарование.

Постучав вилкой по бокалу, Гурвич тяжеловато приподнялся, и вся его фигура чуть похудевшего борца японского сумо авторитетно возвысилась над столом.

— Предлагаю тост, дорогие коллеги! — провозгласил он по-английски с тяжёлым акцентом, — За прекрасную даму Юриспруденцию...

Заулыбавшиеся как по команде адвокаты за столом нешумно отреагировали звяканьем бокалов. Во мне проснулся Макс.

— Не могли ли бы вы, Мендель, подвинуть солонку ко мне? Соль мокрая, — громко на иврите провозгласил я.

На меня удивлённо взглянули, но на этом всё кончилось. В глазах Гурвича били батареи ближнего и дальнего боя. Сверкнув мощью первого залпа, он сказал с тем же акцентом по-английски, обращаясь ко всем:

— Мой коллега говорит только на иврите и попросил меня подвинуть ему солонку.

А потом, ворочая могучей шеей, как бульдозер ковшом, и гремя гулким басом, стал рассказывать затхлую байку.

— Когда я был юридическим советником правительства, я сказал премьеру на специальном заседании... Речь шла... Премьер возразил... Один из министров...

Я растерянно чихнул. Гурвич совсем озверел:

— Веди себя прилично! — сквозь зубы, угрюмо и злобно, выдавил он из себя на иврите.

Макс одарил его обаятельной улыбкой и скромно потупил глаза.

— Мой уважаемый коллега любит вспоминать славное прошлое, а это немножко скучновато, — словно извиняясь, громко произнёс я по-немецки. — А мы здесь все слегка закисли. Я по этому случаю вспомнил забавный анекдот...

Немцы за столом смотрели на меня теперь с нескрываемым любопытством. У Гурвича, как у паралитика, застыл рот.

— Плывут по канаве два куска говна, — невинно произнёс я, — А знаешь, — мечтательно обратился один кусок к другому, — я ведь когда-то ананасом был...

Я, конечно, поступил как последняя свинья, но он уж очень достал меня, старая балаболка. И потом — это не совсем я, а Макс...

Хохот обрушился как взрыв ядерного заряда. Нелли в ужасе сжалась. Она ничего не понимала и, я видел, готова провалиться сквозь землю. Но это был уже не я — Макс. А Макс пощады не знал...

— Извините, — развёл я руками в разные стороны, — сейчас переведу. Сначала на английский, а потом для французов...

Стол гремел.

— Подонок! — рассвирепевший бульдозер двинулся раздавить меня у всех на глазах. Но было уже поздно...

— Что ты наделал? — набросился я сквозь гогот и ржанье на Макса.

— Шауль, — опустил Макс смущённо взгляд, — ну, не мог же я снести, когда тебя так унижают...

— Спасибо, отец, — сорвался у меня голос на плач, — и прости, что я тебя раньше так не называл...

Нелли была в полуобмороке. Да могла ли она представить себе, что более двух десятков лет её собственный муж перед ней комедию ломал? Она не разговаривала со мной целую неделю. На душе было скверно, но я отомстил миру за то, что тот вёл себя так по-свински по отношению ко мне полсотни лет...

Дочка — студентка и сын — курсант офицерского училища восприняли эту историю как весёлый и остроумный анекдот.

— Пап, — сказала мне дочь с улыбкой от уха до уха, — если ты нас считал дураками, то напрасно. Ты что, думаешь, мы не догадывались, что ты понимаешь по-русски, а когда слышишь английскую или немецкую речь, осмысленно реагируешь? Зачем надо было скрывать?

Зачем? Затем! Всю свою жизнь я носил на себе печать андердога из социального дна. Её ни смыть, ни зачеркнуть. Разве что только на стену не лез, чтобы она их не коснулась. Кружки! Репетиторы! Летние лагеря, концерты, театр, книги...

Они лишь чуть посветлее, чем я, но в них уже порода. Уверенность в себе, успех. Их не ломало, как меня. Не швыряло башкой об угол из одной культурной среды в другую. Не тянула назад генетика нужды и обделённости. Их с детства учили не отличать от их окружения. Они не только сливаются с ним: порой, куда заметней и успешней. Никто из них и представить себе не может, что значит быть прозрачным как стекло. Когда тебя не замечают, словно ты окурок на заплёванном тротуаре. Не обходят стороной из-за того, что не вышел рожей. И морду на замок закрывают, если обращаешься.

Макс, который столько для меня сделал, не сумел главного: дать мне почувствовать себя таким как все! Не он ли толкал меня ни в коем случае не показывать, что я не глупей и знаю нисколько не меньше? Не он ли наставлял, что знание — не только клад, но и проклятие? И вообще, если кто-то знает, что ты ярче и способней, он утопит тебя с удовольствием в ближайшей луже...

Ладно — дети! Я вдруг почувствовал, как изменилось ко мне отношение моих коллег. Даже самые известные из них, завидев меня, заговорщицки улыбались, а иные, похлопав по плечу, изображали необыкновенный восторг. Инстинкт осторожности вспыхивал в подсознании мигающей красной лампочкой. Если он такое с самим Гурвичем сотворил, ухо надо держать востро. Как бы он тебя с дерьмом не смешал...

С Кармоном мы не виделись подолгу. Иногда полгода, иногда год. Его карьера рвалась вверх. Депутат Кнессета, министр, конференции, государственные визиты, конгрессы. И вдруг — звонок...

— Шауль, как дела?

Я сразу же нутром почуял: что-то у него не то...

— У меня? Без изменений! А у тебя?

— Есть маленькая проблемка, — донёсся до меня торопливый смешок.

Голос его звучал как обычно, но не для меня. Я-то его знал как облупленного. Во всех видах и при всех обстоятельствах. Чуял, что-то у него не так.

— Мы могли бы встретиться?

— С тобой? В любой час дня и ночи...

— Я знаю, — снова смешок, но взгрустнувший. — Где и когда?

— В Яффо. Там есть небольшой ресторанчик. Обычно с половины третьего до четырёх он почти пуст.

— У меня полтора часа. Успею...

Ни о какой отсрочке речь идти не могла. Он появился первым. Когда я зашёл в небольшое и тёмное помещение, за парой соседних столиков было пусто. В углу сидел и ел толстый, неопрятно выглядевший официант. Притомился...

Через пару минут я увидел Омри. Очки модные, с чёрными стёклами. За ними глаза как перископ. Словно следят, нет ли где вражеского корабля поблизости? Второй подбородок наметился — тоже новость. А губы, всегда чуткие такие и ухмыляющиеся, в напряжении застыли. Да и во всём облике с возрастом что-то обезьянье появилось. Что только годы с человеком делают?

Кондиционер напряжённо гудел, но всё равно жарко было. Может, поэтому я запах его дезодоранта почуял? Не по себе ему явно было. А когда очки снял, в глазах блик какой-то странный мелькнул. Такого Омри, неуверенного в себе, я видел впервые.

— Хочу, чтобы ты помог мне. У тебя ведь разные связи есть...

Намёк его у меня в горле как ком застрял. И ещё предчувствие скверное в животе отозвалось. Я, конечно, постарался не выдать себя и в ожидании, что он скажет в чём дело, стал ритмично постукивать по столу вилкой. Делал вид, что с нетерпением жду его рассказа...

Свою карьеру Омри Кармон начинал как борец с коррупцией. Молодой. Решительный. Дерзкий. Никого и ничего не боялся. Ни политиканов и финансовых воротил, ни главарей мафии. А баронов прессы и вовсе распинал с особенным удовольствием. Даже бравировал этим. Шальной, бесшабашный, если и напоминал кого, то эквилибриста. Не всякий ведь станет без страховки над пропастью на канате расхаживать. Поначалу имя его из-за громких скандалов в Кнессете на слуху было у всех. Сколько проклятий слышалось ему вслед! Сколько молитв, чтобы разбился насмерть...

Но он всё не начинал.

— Что случилось, Омри? — спросил я.

Он слегка сморщился.

— Меня шантажируют...

Объяснять не надо было, — понял сразу — бабы! Пачкаться в финансовых махинациях он не хотел, да и зачем? Папа его был вполне укомплектован, а он единственный сынок, и всё наследство досталось ему.

Омри не только честен, по-своему порядочен, если речь не идёт о бабах. Гордится принципами. Но они для него — знаки дорожные на автостраде, по которой на большой скорости мчаться удобно. Только ведь там он не один: трейлеры гигантские впереди и сбоку, мордатые автобусы, «пижоны-джипы», мелочёвка массовая. Хочешь, не хочешь — не обгонишь! Толпа! А у него через полчаса, хоть разбейся, встреча важная. Что ж он на просёлочную дорогу не свернёт? Не срулит? Надолбы, конечно, канавы, повороты несусветные, две машины не разъедутся, — зато быстрей! Но он ведь не для себя! Раз надо, значит, и в объезд можно...

— И кто это тебя, Омри?

— Две бляди...

Я присвистнул. Сразу понятно, о чём речь! Ведь даже, когда партия его голоса избирателей потеряла и он с креслом министра распрощался, то был куда спокойней и беззаботней. Знал, что без дела не останется. Уж слишком крутой разбег он сделал в карьере.

— Сима знает?

Он не ответил, и я сразу понял, что знает.

— Фотки?

Омри кивнул. Я смотрел на него и думал: где же его «иди сюда, красотка!» во взгляде? Лихость врождённая? Бравада? Куда исчезли? И почему? Он же всегда для ухарей примером был?»

— Местные сообразили? — спросил я.

— Не совсем. Одна — американка, другая — эфиопка.

— Да-а-а! — протянул я.

Меня насторожило, что об этом жена его, бывшая секретарша, знает. Дамам таким я не очень верю. Но спрашивать что к чему, не стал. Раз он не говорит, значит не хочет, чтобы я знал.

— Что делать будем?

Он смешно скривился:

— Думаю, камера у них где-то спрятана. Поискать бы... Может, кто-то из клиентов твоих?...

— А ты пугнуть не пробовал? — спросил я, не очень веря в успех.

— Просил свою секретаршу, — скривился он. — У неё парень в актёрской студии. Она за меня на стул электрический пойдёт... Я ему пару зелёных дал...

— Не помогло? — ощутил я в горле жжение.

— Да он пробовал, звонил им, но там всё глухо...

Я взглянул на него.

— Знаю,— выдохнул он,— всё знаю! Хочешь, скажи — нет! Я не обижусь...

Но он понимал: я не откажусь. После всего, что он для меня сделал? Чувство было такое, словно я в дерьмо провалился, а вылезти не могу. Ведь обратиться к кому-то из моей паствы с такой просьбой значило бы, что и я сам не лучше них. Только вид делаю, что не такой. А раз так, на меня и надавить можно. Запугать. Шантажировать. А уж это клиенты мои делают более чем профессионально. Ведь весь мой авторитет на том строится, что «хромой» — так они меня прозвали — не продаётся. За это и уважали меня. Потому что в мире, где преступление лишь способ добычи, принципы, психоз — умопомешательство. А оно им волей-неволей неподвластно...

Почему я вдруг вспомнил о Леоне, сейчас даже себе не представляю. Наверное, у каждого на дне души не только благородство спит, но и подлость. И как бы мы её назад ни заталкивали, она всё равно в минуту опасности наружу постарается вылезти. Доброта, сострадание, жертвенность — это из области альтруизма. А альтруизм, хотя без него как мы были так бы обезьянами и остались, нередко противоречит жизненному инстинкту.

Леон был троюродным братом моей жены Нелли. Бывает же так: и её гордостью, и её позором! У судьбы ведь свой юмор, и нам его не постичь. Вот она и подсунет, если захочет, в пирог перцу горького, а потом ухмыляется.

Леон с детства был гением в математике. Его, маленького красавчика, уже в двенадцать лет таскали по университетским профессорам, и те ему славу и успех прочили. Математические олимпиады, пара минут на экране ТВ, умильные взгляды близких. Мальчишка привык: его на руках носят! Ему всё прощается, и главное — всё можно! Глазища — как искры от костра, мордочка лакированная — ангел во плоти. Ну как тут не растаять? Аж домработница тридцатилетняя не устояла, свеженького телёночка попробовала. Понравилось. И ему — тоже.

Семья была обеспеченная: интеллигенты-родители, дед-академик. Свобода! Восторг! Предвкушение! Никаких заборов, слова «нет» просто не существует. А там, где нет забора, недалеко от пропасти. И он в неё свалился. Его, конечно, оттуда вытащили, но кости были уже не те — слабоваты, да и голова уже пристукнута.

В лицее, где Леон учился, впрочем, как и во всех такого рода учебных заведениях для избранных, инфанты дрянью баловались. Сначала полегче, потом покруче. Но обнаружили это домашние слишком поздно. Ужаснулись. Изрыдались. Пообвиняли друг друга. Обратились в панике к врачам. Положили в какую-то привилегированную клинику. Казалось бы, — помогло! Выкарабкался! В университет приняли: одни только высшие баллы на экзаменах. Ан нет! Кто ж мог знать, что он тайно всё равно дрянью балуется? А чтобы деньжата были, хакерством занялся. Не только занялся, но и преуспел! Пока не поймали и не посадили. А потом — колония, урки, гнусь, изнасилование...

Год назад на семейном совете было решено обратиться к Нелли. Израиль — Земля Обетованная, текущая молоком и мёдом. И врачи там — лучше не надо. Так Леон и оказался в стране, где никому не до сантиментов, не до сюсюканья. Где за две тысячи лет изгнания душа в боксёрскую грушу превратилась. Её бьют, а она отскакивает. Чтобы выжить, семь кругов ада проходить приходилось. Мало этого, террор за век в бумеранг её превратил. Помочь помогут, но только, если ты сам на это способен.

Только Леон был замешан не из такого теста. И чем больше и сильнее месила его судьба, тем тоньше и беспомощней он становился. И здесь та же дрянь, что и в России. Те же дружки, те же девки, а в промежутке — хакерство. Честно говоря, мне было жаль его, но я понимал: не жилец он. Всё равно сорвётся. Позвоночник сломан, психика отравлена. Он, конечно же, бежать силился. Но куда? Зачем? Ведь впереди уже не пропасть, а пустота. И надоедливый мотив в памяти — подсознательный зов смерти.

Иногда я давал ему деньги. Но он всё равно их на дрянь разменивал. В его подсознании из инстинктов только два остались: страх и условный рефлекс наркоты. Остальные придавлены, обесточены. От погреба этого ипритом несло, как в газовой камере...

— Ключ есть?

Кармон вздрогнул и мгновенно выпалил:

— Конечно! — даже вздохнул посвободней.

Я же взвешивал про себя: «Риск ведь не так уж велик! Ну, не найдёт — не станет же в полицию сообщать, а я ему баксов подкину». Мог ли я тогда представить себе, что всё выйдет боком, усложнит, запутает и приведёт к трагедии? Какого чёрта я сказал Леону, что, если он камеру эту разыщет, я ему заплачу вдвойне?

— Ладно, — махнул я рукой, — Есть у меня один малый. Скурвился! На иглу подсел. Попробую...

Во взгляде Омри вспыхнул какой-то внутренний фонарик...

Только вот Неллин родственничек ничего в квартире не обнаружил, хотя искал рьяно, дотошно. Зло. И не только всё там разбросал и раскидал, но и в припадке ярости, что двойную плату не получит, сунул в один из ящиков заначку дряни. Ту, что на аванс от меня купил...

ЧАСТЬ 3

ГРИФ И КАНАРЕЙКА

1

— Норму арестовали. Она в полиции...

У Симы Кармон перехватило дыхание.

— Кто это?

— Мики, её подруга...

— Когда?

— Полчаса назад.

Сима с силой зажмурилась на несколько секунд и с трудом открыла глаза. Ей бы сбежать куда-нибудь. Стать незаметной. Спрятаться. Сердце как мокрое бельё на ветру колотилось. Собственный муж Омри обложил её со всех сторон. Норма ведь — только начало, за ней наступит и её, Симина, очередь.

Опасность гудела над ухом, как пламя в печи. Слишком хорошо знала Сима мужа. Если не соберёт сейчас все свои силы, если не возьмёт себя в руки, если позволит страху и панике парализовать её...

Даже трус, если его прижать к стенке, способен на отпор. Пусть не сбить с ног, не искалечить в ответ, но всё-таки хоть раз в жизни, на краю гибели, ощутить себя не жалким рабом, а человеком. Пусть побеждённым! Пусть поверженным! Но не сломленным! Фиг ему! Она себя сломить не даст.

Решение иногда приходит инстинктивно. Не как плод долгих раздумий, а спонтанно, мгновенно. Хотя подготовлено оно всей предыдущей жизнью. Ударами, унижениями, которые человеку пришлось пережить.

Мики была ещё более слабой и беспомощной, чем она. И Симе не оставалось ничего другого, как взять себя в руки.

— Не реви! Давай встретимся. Где ты сейчас?

Горло сдавило, плечи дрогнули и опустились вниз, словно под тяжёлой ношей. Но клыки опасности были рядом. Из пасти неслось её зловонное дыхание.

— В Писгат-Зеев.

— Без машины?

— Без...

— Садись на автобус и поезжай в центр. Вылезешь на углу Кинг-Джордж и Бен-Иегуда. Дойди до улицы Гилель, это рядом, и жди меня в кафе «Нээман». Внутрь не заходи, займи столик на тротуаре.

До встречи с Мики оставался час. Сима должна была, обязана была успокоиться и сосредоточиться. Прийти в себя, решить, что делать. Если она этого не сделает, Омри раздавит её как тяжёлый каток. Он это умеет. И не пожалеет...

Дышать стало трудно. В груди собралась воздушная подушка: не продохнуть. Страх облапил, как цепкие руки насильника. Вот-вот сорвёт с неё юбку. Ещё несколько секунд, и разорвёт в клочья. Кричи-не кричи — никто не услышит. Не подойдёт и не спасёт. Шансов — никаких...

И вдруг, как гады в клетке, в ней проснулись обиды и унижения, через которые она прошла за свою сорокалетнюю жизнь. В горле кипит храп. Как у зверя раненого: рви-порви, живой не дамся! Руки сжались так, что ногти в ладони больно впились, челюсти свело от бешенства. Ноги налились чугуном...

Не дождёшься! Зубами в горло вопьюсь! Изо всех сил. Озверевшей рукой щёку порву!

Нет! — внезапным, но мощным толчком отозвался рассудок. Так ты ничего не добьёшься! Он всё равно сильнее. В голове мелькали и бились обрывки мыслей. Будь хитрой, как змей! — ворочался инстинкт в подсознании. Коварной, как пантера! Упрямой, как буйвол! Ты прожила с ним пятнадцать лет. Никто не знает его так, как ты! Его силу и слабости! Страхи и безрассудство! У него, — да простит мне Всевышний — два бога! Секс и Престиж! Он один такой — Омри Кармон, и пусть все это знают! А раз так, надо заручиться их помощью. Идти не против них, а с ними. Не лезть в рукопашную, а устроить засаду, перехитрить, застать врасплох.

Она, Сима, не способна на это? Не знает, как это сделать? И что?! Ведь без этого она лёгкая жертва, добыча! Если надо — научится! Как интриговать, строить козни, ставить ловушки! Всё это своего рода политика. Так надёжней, да и результат без особого риска для себя.

В кафе Сима успокоилась. Заказав два кофе и пирожные, отправилась в туалет. Здесь вновь расчесала растрепавшиеся волосы и собрала их в привычный хвост. Подкрасила крупные чувственные губы. А когда появилась Мики, предстала перед ней в ореоле своей обычной ленивой кошачьей грации.

Мики была напугана. Косила глазами, словно где-то там прятался Кармон или его наёмники. Говорила, съёжившись, почти шёпотом. И ещё этот взгляд преследуемого зверька, за которым гонится крупный и жестокий хищник...

— Никакой наркоты у нас и в помине не было, — кусала она губы и тряслась на своём стуле. — Не знаю, откуда она взялась. Бедная Норма! Чем она виновата?

Сима слушала её более чем внимательно. Её интересовала теперь любая деталь, даже самая мелкая и неинтересная.

— Ты давно знакома с Омри? — спросила она, чуть поджав губы.

— Год...

— Где это он тебя разыскал?

Мики сжалась ещё сильнее.

— Пришёл в парикмахерскую. Я там работала. Стричься. И ко мне сел. Мастер его за границу в отпуск уехал.

— И? — процедила Кармонша.

Мики не ответила.

— Понятно, — хмыкнула Кармонша.

— Что ей будет? Что будет? — Микин шёпот сорвался на хрип. — У нас даже нет денег на адвоката...

— Надо найти! — отрезала Сима жёстко.

Лицо Мики залили слёзы. Она напоминала скулящую побитую собаку.

— Для Нормы я готова пойти на всё...

Мики трясло от рыданий. На них оглядывались. Сима мгновенно пришла в себя.

— А ну, вытри слёзы! Возьми себя в руки. Срочно! Немедленно! Сейчас же!

Ей было жаль эту темнокожую девочку. Она ведь, как и сама Сима, пыталась подняться, оторваться от дна. Ей, Симе, это удалось, Мике — нет. И потом роль стервы, как накладной грим, теперь только мешала Симе. Спектакль кончился, за окном безжалостно щурилась сволочная реальность.

— Я хотела позвонить её отцу...

— Кому? Шмулику? Толедано? — внезапно воспряла духом Сима. Ты только всё испортишь. Я сама.

Она ещё не знала, как. Не представляла, что это даст. Не смогла бы объяснить как, но в голове её уже начал возникать сложный клубок интриги. Пока ещё только намётки. Внешний контур с не связанными вместе концами. Но уже — первый эскиз...

— У тебя есть, где перекантоваться? Хотя бы пока несколько дней?

— Мы должны освободить квартиру через три дня.

— Вот и хорошо! За это время что-нибудь придумаем...

2

Впервые Сима услышала о Толедано, когда Кармон ещё не был её мужем и лишь начинал свой путь на политический Олимп. Обворожительный наглец с огненным взглядом и физиономией голливудской кинозвезды, он купил её сразу же, когда она пришла к нему, тогда ещё адвокату, устраиваться на работу. Требовалась секретарша.

Откинувшись на спинку кресла, Кармон бесцеремонно разглядывал её формы своими серыми бесстыжими глазами. Ухмыляясь, — она буквально ощущала это, — лапал её взглядом, лез под бюстгальтер, раздвигал бёдра и потрошил там всё своими загребущими лапами. Она не смогла бы объяснить, но сексуальный пульс в ней зашкалил до неприличия. Через много лет, когда она уже знала о нём всё и всеми силами старалась быть ему необходимой, она услышала, что есть такие люди — спелеологи, исследователи пещер. Омри Кармон тоже был спелеологом, но по части секса. Знал там прекрасно каждый поворот, каждое углубление, нишу, выступ. И ориентировался в них, не пользуясь ни фонарём, ни компасом.

Он гипнотизировал её, как удав кролика. Весь её постельный опыт до него был жалок и до неприличия убог. Да и что могла себе позволить, кого найти — хоть и сообразительная, и смазливая, но безвкусно явно дразняще одетая фреха[22]? Ведь как её хрипловатый голос, так и ограниченный, в основном, из сленга, запас слов выдавали в ней не только её происхождение, но и более, чем ущербный кругозор.

Сима помнит, как он заливисто захохотал, когда она, перепутав «компромисс» с «компроматом», пыталась ему что-то объяснить.

Она же была настолько закомплексована, так боялась потерять это чистенькое, почти блатное местечко работы, что позволила ему уже через неделю оттрахать её в офисе. Он вызывал в ней непривычную для неё дрожь — несовместимое сочетание робости, полудетского пугающего интереса, что он ей ещё покажет, и желания.

При всём своём цинизме и неразборчивости с бабами Омри Кармон довольно скоро обнаружил к своему удивлению, что его фреховатая секретарша сечёт и делает выводы куда быстрее и лучше, чем кто-либо другой. Он, конечно, с ней не церемонился, но она не только терпеливо сносила его замашки, но и всё больше становилась ему необходимой.

Три месяца после того, как он её оттрахал, она его к себе не подпускала даже на метр, а однажды с силой отшвырнула, заорав:

— Я тебе всю твою рожу исцарапаю, козёл дерьмовый!

В ней проснулась и заголосила улица в унылом предместье, где она родилась и выросла.

— Почему дерьмовый? — спросил он, смеясь. — Потому что только у обезьян яйца крепче мозгов?

А когда он, всё же, уложил её в следующий раз, завихрила его, исходя из последних сил так, что он восторженно заорал:

— Олимпийская чемпионка!

---

[22] Фреха (*иврит*) — лихая восточная бабёнка.

Ответить она уже не могла. Не было сил. Ей хотелось только забыться и не просыпаться целую неделю...

Самое поразительное, что он ничего о ней не знал. Что у неё за семья? Со сколькими парнями трахалась? Что хочет? К чему стремится? Через пару лет он, обалдев, обнаружил на столе в офисе конверт из открытого университета, где она училась, с приглашением на экзамены. Правда, ей он ничего тогда не сказал. Честно? Не хотел, чтобы она подняла кверху нос. Это не лезло ни в какие ворота. Он ведь к ней так привязался, что начал таскать её с собой на спектакли и даже вечеринки. А почему нет? Хорошенькая бабёнка с притягивающим, как магнит, взглядом.

Сима, понятно, не могла не ощущать лёгкого превосходства и скользких взглядов тех, с кем ей приходилось сталкиваться. Но с её благодетелем — Кармоном никто связываться не хотел. Как и всякая неглупая баба, она знала, как можно его стреножить. Сказала, что уезжает в Канаду. И уехала. Кармон терпел три недели. А потом пустился её искать. И она, как и следовало ожидать, сказала ему то, что сказала бы любая другая баба. Ей осточертело быть его любовницей. Пусть найдёт себе замену. А она хочет семью, мужа и ребёнка.

И Кармон сдался. Правда, предупредил её, что детей у него больше не будет. Ему, мол, пришлось сделать операцию, но что, операция эта была перевязкой мужских семенников, не обмолвился. У него уже есть двое детей. Больше ему не нужно. И Симе пришлось согласиться. Взвесив, что для неё важнее, — ребёнок или оказаться в роли жены Кармона, она, конечно, выбрала статус жены. Правда, чем дальше к сорока, и затем сильнее, глодали её сомнения. Ведь у всех её знакомых дети были, а она была и осталась бобылихой...

Сейчас после скандала у этих поблядушек, он совсем озверел от ярости и готов был стереть её в порошок. Пытаясь успокоиться, Сима убеждала себя, что ещё найдёт мужика и сделает себе с ним ребёночка. Но как всякая дошлая баба, хорошо понимала: во-первых, Кармон не оставит её в покое — мужики не прощают бабам своей слабости. А во-вторых, в её возрасте, да ещё без почти средств к существованию, никого она себе не найдёт.

Ещё больше грызла её мысль о том, какого чёрта Омри попёрся к этим идиоткам? Они — что? Разве она не трахалась с ним, когда и сколько он хотел? Не откликалась на каждый его каприз в постели? Не изображала нимфоманку всякий раз, когда он исходил желанием? А оно ведь у него было неограниченным, пусть даже её мутило при одной мысли, что он сейчас на неё влезет. Почему не сказал ничего ей, Симе? Она бы отстегала его по первое число хотя бы за все те фокусы, которые он иногда устраивал.

Сима не вылезала из интернета и прочла по поводу садомазо всё, что только могла там обнаружить. Смириться с тем, что у этого козла была сексуальная патология, она не могла. Ведь с эротическим воображением у него с ней проблем не было. Да и удовольствия от боли и раскаяния за свои фокусы он бы с ней ощутил куда больше, только намекни она. Чувство скрытой вины, что ли, или чего-то вроде покаяния за всё, что он творил, если того требовало его подсознание, а он позволял себе, она бы, Сима сама, удовлетворила как не смогла бы ни одна из этих давалок. Что — кроме? Идиотский мужской комплекс-перевёртыш, когда альфа-самцу хочется чуть-чуть испытать то, что испытывают слабаки-андердоги? Взвыть от бессилия и беспомощности? Стать на колени перед силой ещё более свирепой и унизительной? Как эти импотенты, которые, чтобы возбудить бабу, летят, привязанные к стальному канату, в пропасть, а потом взлетают, вздёрнутые силой мотора?

3

Кармон исчез. Скорей всего, снял номер в гостинице и сейчас придумывает способ, как бы её побольнее и похлеще распять. Едва она себе это представляла, как ужас начинал заливать её, как цунами жалкую лодочку с пловцом. Уже три дня и три ночи она почти не вылезала из дома. Старалась не есть — её рвало. Пила только соки. Что-то забытое проклёвывалось в её памяти, но как она ни пыталась понять, что это, — не могла. А теперь Мики напомнила — Шмулик Толедано...

У Кармона была омерзительная привычка подкрасться сзади и вспугнуть. Так бывало не раз. Он не оставил этой своей манеры, даже когда уже был избран в Кнессет, а она, Сима, перешла туда вместе с ним. Как-то она сидела, обалдев от телефонных звонков и посетителей, — был перерыв, и, пытаясь очухаться, открыла газету «Едиот Ахронот». Омри незаметно набросился на неё сзади:

— Ну-ка, посмотрим, что читает наша преданная секретарша!

В газете рассказывалось об одном полупсихе, который объявил войну целому преступному синдикату. Нет-нет, — никакой не полицейский, не борец с преступностью, не взбалмошный прокурор, а вполне занудный упрямый как козёл предприниматель...

Где-то в районе Хайфы обанкротился и уже перестал отравлять вызывающим кашель жёлтым дымом округу заводик. Цена ему была минус несколько сотен тысяч долга, но цеха его раскинулись на довольно приличную территорию. Спасать такой дураков не нашлось. Тем более, что оборудование было допотопным, а смрада — дальше некуда. Зато какое местоположение! Жучки местного пошиба уже подсчитали: если на его месте построить жилой комплекс, то в карманы акул, заполучивших его территорию, посыпались бы многие миллионы. И в погоню за ними включились не только обладатели толстых кошельков, но и целый преступный клан. Бандитам, казалось, повезло: были подкуплены и перекуплены все, кто мог представить хоть какую-то опасность. И вдруг на их пути стал какой-то мало кому известный, но упорный мудак. Хуже того, — он подбил для этого целый десяток вкладчиков, плотоядно взирающих на лакомый кусок.

Кличка у этого кличка у этого малого была ещё та — Гриф. А известно о нём было ещё меньше. Рассказывали, что крут. Безжалостен. Хладнокровен как киллер. Скупает по дешёвке задолжавшие стройки, а потом с помощью верящих ему вкладчиков завершает строительство в кратчайшие сроки. У него работяги трудятся даже ночью, при сильных прожекторах. Платит скупо, но без обычных в таком деле задержек.

Ну, и что на его слово можно было положиться, как на глубокодонный якорь.

Как повествовали репортёры уголовной хроники, на него вышли двое бандитов. Но тип этот, оказывается, воевал в спецназе, и их доставили на амбулансе в ближайшую больницу. Мало того, вдруг вспыхнул, как баллон газа, доходный ресторанчик, принадлежавший преступному синдикату. В Грифа стреляли, но его окружали несколько видавших виды парней. По своим методам он, конечно, мало чем отличался от бандюганов, но в финансовых отчётах был честен.

Пробежав взглядом газетную страницу, Кармон пришёл в восторг:

— Ай да малый! Таких бы в налоговую инспекцию! В «Кнессет»! В правительство! Ну ка, разыщи мне его! И как можно скорей, пока его не отвезли на кладбище...

Сима связалась с репортёрами. Выудить у них что-либо было нелегко. Каждый требовал взамен либо встречу с Кармоном, либо её собственный телефончик или обещание, что она кое-что выяснит для них. Но Сима всё-таки своего добилась: перед ней в дневнике был сотовый телефон Шимона Толедано.

Она звонила ему дважды, но он быстро заканчивал разговор. Ему — отвечал он, Гриф, — ваш член Кнессета Кармон нужен, как гвоздь в ботинке. Хам, конечно! Ей с таким пришлось встречаться впервые. Узнав об этом, Кармон расхохотался:

— Ну-ну! Дай-ка мне его номер!

То, что она услышала, повергло её в изумление.

— Толедано, ты? Это Кармон! Омри Кармон из «Кнессета»! Вот уж не предполагал! Короче, хочешь, чтоб тебе помогли? Дуй сюда! Ко мне, в Кнессет! Сейчас. Пропуск я выпишу...

Самое поразительное, что он через час был у Кармона. Невысокий, коренастый. Залитый изнутри бетоном мышц. Чёрная щётка волос, чуть горбатенький нос и глаза как горящие угли.

— Ну? — только и произнёс он мрачно. Ты уже посчитал, сколько тебе часов еще дышать осталось?

Чувствовалось, что нервы у гостя от наждака бессонницы звенят осколками. Да и тон, которым он говорил, буквально царапал:

— Тебе-то что? Или ты у них на крючке?

Будь на месте Кармона любой другой, скандала бы не миновать. Это что — депутата парламента обхамить? Да он тебя...

Но не Кармон...

— Короче! Я сейчас позвоню нашему послу в Конго. Поговоришь с ним сам, пока живёшь и дышишь. Он тебе поможет. Я попрошу... Ну-ка, набирай телефонный код...

Через минуту тот дал трубку Толедано.

— Говори, что это Омри Кармон! Пусть позовут посла к телефону.

Гость, всё ещё сомневаясь, послушался. Очевидно, ждал подвоха. Но услышал, как там, по другую сторону экватора, кто-то прошелестел:

— Вас из Иерусалима... Кармон...

Теперь трубку взял Кармон.

— Здорово, дружище! Давно я тебя не видел. Как ты? Жена? Семья? В порядке?... Да вот есть у меня тут посетитель. За ним вся преступная рать охотится. Ему бежать бы отсюда, не заезжая домой. Поможешь? Не подведи! Он крут как скала. Но его не сейчас — через час взорвут...

— И что я за это должен? — в суженных глазах гостя виден был прицел даже не автомата — гранатомёта.

Кармон насмешливо хрюкнул:

— Долг одного человеком делает, а другого рабом. Ты что, — раб?

Пронизывающий взгляд гостя потерял прежнюю уверенность. Если он что и отражал, некоторую растерянность.

Больше всего на свете Кармон ценил дерзость и отвагу. Возможно, где-то в подсознании гость это почувствовал. В этом отрывном, спортивного сложения начинающем политике было что-то знакомое Толедано с детства. То-есть как раз то, что сделало его впоследствии хладнокровным, как рискующий шкурой киллер. Уж кому-кому, а Толедано был хорошо знаком будоражащий и неодолимый зов шального риска. Может, это тот, пока ещё неизученный ген в психическом генотипе, о котором он недавно узнал в одной из телепередач?

— Омри, — прохрипел он сдавленно, — я не раб, но и не свинья...

— Ладно, — махнул рукой Кармон, — сочтёмся! Я, как ты знаешь, тоже на крючке. Но твоих бандюганов я ещё заставлю поплакать.

Гость посмотрел на него выжидательно.

— Хочешь личного? Мой отец платил им за крышу. Да-да, этим самым твоим говноедам, что за а тобой охотятся! Полиция, говорил отец, может помочь однажды, а потом тебя пристрелят в тёмном уголке. А он этого не хотел.

Гриф отвернулся. Симе, разговор велся при ней, показалось, что в его глазу мелькнула слеза.

— Возьмёшь мою машину, я спущусь с тобой вместе на стоянку. Дуй в аэропорт. Домой ни-ни! Я все устрою. Оставишь машину там же. На долгосрочной стоянке. А через месяц семья незаметно уедет к тебе...

Когда Гриф ушёл, Кармон позвонил знакомому полицейскому офицеру и попросил номер телефона одного из главарей мафиозной группировки. Тот не удивился: Кармон был известен своим отношением к мафии.

— Хези? — ядовито осведомился Кармон несколькими часами позже, уже из дому. — Омри Кармон. Да-да, из Кнессета! Гриф улетел в Китай. Я ему помог. Если кто тронет его семью, клянусь, я сделаю всё, чтобы он сдох за решёткой...

Сима была уверена в одном: для таких людей, как Гриф, честь — единственная ценность, ради которой он пойдёт даже на костёр. Идол, которому он поклоняется. А значит, Кармона он никогда не выдаст. Да, но какое это имеет значение для неё самой? И то, что эта американская дура Норма, его дочь, что это даст ей, Симе?

Как и всякая поднявшаяся из низов энергичная и амбициозная деваха, Сима многому научилась, работая секретаршей у Кармона. Но всегда чувствовала, что этого мало. И всеми силами пыталась понять секрет успеха тех, кто смотрел на неё сверху вниз.

Это не её вина, что она родилась в захудалом городишке на самом юге Негева[23] в многодетной семье, где единственным чтивом была Тора[24] и зубодробительные сочинения восточных раввинов. Никто и никогда не читал ей на ночь сказок, не таскал по кружкам, не брал репетиторов, не посылал в летние лагеря. Это была иная, закрытая среда, у которой успех и свобода вызывали лишь зависть и гнев, а позже — неукротимое желание жить, как те счастливчики, в число которых она во что бы то ни стало, рвалась войти.

Сима бы ни за что в этом не созналась, но единственным стимулом для выбора психологии в открытом университете было стремление подняться на другой уровень жизни.

Если бы кто-нибудь из близких узнал бы, сколько она времени тратит на то, чтобы добиться своей цели, она бы просто лопнула от стыда. Потому что даже в своём пути наверх она была и осталась восточной фрехой, манеры которой, когда нужно, она научилась гримировать. Поначалу ей удавалось это очень нелегко. И даже сейчас она не раз ловила себя на том, что ей куда легче, если не надо притворяться. Стереть грим и выглядеть такой, какой она родилась. Кармон знал это и насмешливо поддразнивал:

— Сима, — ухмылялся он, — гордись, сегодня у тебя роль герцогини. Будь добра, не подведи режиссёра…

За годы жизни с Омри она пришла к убеждению, что любой человек в тайне даже от самого себя — шизофреник. Потому что подонок в нём делит крышу с жертвой, добряк — со скрягой, а хам и садист — с преданным и заботливым другом.

Всё зависит от того, кто в данный момент на стрёме, чем человек озабочен и что в нём перевешивает. Иногда роли эти меняются местами, и тогда происходят удивительные, противоречащие обычной логике события. Растроганный Гриф может обернуться фламинго, а пеликан — коршуном.

В принципе, в одном можно быть уверенной: если Шимон Толедано и вправду отец Нормы, то чтобы её спасти,

---

[23] Негев — одна из трёх пустынь в Израиле.

[24] Тора — первая часть иудейской Библии (ТаНаХ) — Пятикнижие Моисея.

он пойдёт на многое. Ведь её обвиняют в хранении наркотиков, а за это можно загреметь надолго за решётку. Только как это связать с её собственным мужем Омри Кармоном?

Сима тщетно пыталась нащупать, обнаружить эту связь. Ей казалось, найди она верный ход, что-то проклюнется и поможет ей справиться с толкающими её в пропасть обстоятельствами. Ведь как она не гнала прочь от себя эту мысль, в тайне, в тёмных глубинах своего подсознания, она не просто хотела — умирала, чтобы Омри остался с ней. Потому что, несмотря на все обиды и муки, которые он ей причинил, он был единственным в её жизни мужиком, которого она любила и с кем хотела трахаться. И была уверена, что, несмотря на все его измены, и он тоже.

Правда, едва она об этом вспоминала, её начинал грызть изнутри страх, что она так никогда сама и не родит. Она даже позвонила гинекологу, который её наблюдал, и спросила, может ли она забеременеть, если в её матку будет введена чужая сперма.

— Что за глупости? Конечно! — не подумав, откликнулся врач.

— А что у Омри за диагноз?

И врач заткнулся. В ней всё похолодело.

— Вы мне не ответили...

Врач явно заюлил:

— Я не имею права вам говорить. Это врачебная тайна...

В ней проснулась фреха:

— Эй! Если не скажешь мне сейчас и немедленно, я скажу Омри, что заплатила тебе, и ты его продал. Хочешь?

Сима была уверена: такого рода проблема возникла в практике врача впервые. Но она уже схватила его, как охотничий пёс зайца за шиворот. И теперь ему не позавидовать: просто некуда будет деться.

— Он ничего не узнает, не волнуйтесь! Мне просто надо знать правду!

Выдохнув после тягостного молчания целую цистерну воздуха, произнёс:

— Он перевязал себе в Штатах семенники...

У Симы перехватило горло. Казалось, сердце вот-вот выпрыгнет. Собравшись из последних сил, она задала самый главный вопрос своей жизни:

— А если их... развязать? Ну, с помощью операции...

— Через какое-то время наступит беременность...

Она дала отбой и по-звериному взвыла:

— Сволочь! Подонок! Тварь!

Теперь она уже почти не сомневалась: он в её власти! Но особой радости от этого не испытала. Хуже того, — никак не могла успокоиться и заснуть: к чему это всё приведёт?

4

Она задремала только к утру, когда начало светлеть и вещи в комнате обрели первые нечёткие контуры. Сон был тревожным и дырявым. Вздрёмывая, она почти тут же с испугом просыпалась. Видения расплывались, куда-то исчезали, и перед глазами вновь возникала растрёпанная от неубранности спальня и антикварные деревянные часы. Омри купил их где-то на развале в Бельгии. Если они даже не хрипели, пытаясь звонить, то простужено тужились, как старый курильщик. И Симу заново охватывал как ядовитый туман страх: а вдруг она что-то и где-то упустит и не сможет потом вспомнить и найти? Как же ей всё-таки не везёт! Скотина и подлец — муж, который дал себя сечь дешёвой извращенке. Поблядушка Норма Блехман. Гриф, биологический отец Нормы — тоже та ещё цаца! А эта резвая темнокожая птичка Мики, которую не схватишь ни руками, ни сачком — все они собрались вокруг неё, словно в ожившем бреду, и никуда от них не деться.

Всё осложнялось тем, что Сима ни за что на свете не хотела расставаться с Омри. Он был её и ничей больше. С ним она почувствовала себя женщиной. С ним стала такой, как сейчас. И ребёнка тоже хотела только от него...

Конечно, чтобы вызволить дочку, Гриф пойдёт на многое. Но как это связать с операцией, на какую Омри ни за что не согласится? Словно лунатик, даже не замечая этого, она выбиралась из постели, бродила по квартире и возвращалась вновь. В мозгу, как крысы в тёмном подвале, начинали шевелиться всплески надежд и отчаянья. Сима бесцельно открывала и захлопывала дверцы шкафов, переставляла фигурки на комоде. Сама эта механика никчёмных действий её почему-то успокаивала. Пару раз натыкалась взглядом на старый брошенный сотовый телефон Омри. Какой по счёту, — даже не знала. У них его было штук пять или шесть. И вдруг, сама не зная зачем, взяла его в руки и стала проверять, что там есть. Звонки: офис, несколько знакомых имён, разговор с Лос-Анджелесом и Барселоной. И ещё эта фамилия. Она мелькала уже раза четыре за два дня: Санани...

Санани, Санани, Санани! Сама не в состоянии объяснить это, влезла в интернет. Покопалась и нашла, вот: «Шауль Санани, адвокат. Преданность, сочувствие, готовность стать на защиту. Уголовная практика».

Стоп! А не тот ли это типчик, который в Ливанскую войну был шофёром Омри, а потом, как и Омри, пошёл учиться на юридический факультет? Что-то когда-то она о нём слышала. Кажется, это его, тяжело раненого, спас Омри в Ливане. Обычно между боссом и его подчинённым складываются такого рода близкие, сверхдоверительные отношения. Шофёр знает о нём куда больше, чем коллеги, начальство, а тем более жена. Ну да, Омри со смехом однажды рассказывал ей, как тащил его раненого на себе пару часов! Пули свистели рядом как комары в летнюю ночь, а опасность получить одну из них в глаз или хуже того — попасть к террористам в плен, где его распотрошат как барана, была такой же ощутимой, как земля, по которой, вжавшись в неё, он двигался. И всё же он его выволок оттуда...

Нет сомнения — за этим что-то стояло! Скорей всего, чувство, что нужно возвратить должок. А должком, не сомневалась Сима, были бабы. Уж она-то своего мужа за пятнадцать лет изучила вдоль и поперёк. Скорее всего, прохиндей, которого она нашла в Интернете, шофёр Омри ещё в армии. Если «да» — это достаточно подозрительно. Её затрясло: надо во что бы то ни стало понять, зачем Омри всё время ему звонил? Чем и как он мог быть полезен Омри через столько лет?

Ведь в принципе адвокаты могут очень многое. Надоумить, свести, обеспечить...

Санани, скорей всего, мелкая адвокатская сошка, а его клиенты — уголовщина. Не это ли причина звонков Омри? Если он его нашёл и вызвонил, не стоит ли за этим вся эта история с садо-мазо? Узнай о ней кто-нибудь, блестящая карьера бывшего министра, члена Кнессета и юриста-международника могла лопнуть, как воздушный шарик, который прокололи иглой. А что, если Омри разыскал его, чтобы он помог ему. В чём? Ну хотя бы, запугать этих дур-поблядушек! Только как всё же Омри догадался, что наглая эта американка Норма Блехман — биологическая дочь Шимона Толедано?

Как не путалась Сима в лабиринте вопросов, первые шаги она уже сделала. В туннеле, по которому она брела, царили тьма и сырость. Ноги скользили по мокрой тягучей жиже. Руки, ощупывая стены, натыкались на выдолбы и острые края стен. Но она уже приспособилась к этому. И не боится, как ещё недавно. Страх исчез. Осталась только навязчивая идея — ты должна идти! Продолжай искать! Но где? В каком направлении? Чем больше она думала, тем очевидней приходила к мысли, что если она разыщет эту компаньонку Нормы — эфиопочку, в лабиринте забрезжит свет...

Прокручивая всё в голове и пытаясь вспомнить хоть какую-то ускользнувшую из памяти деталь, Сима внезапно вздрогнула. Стоп! Ведь та работала в какой-то парикмахерской! Она даже примерно представляла себе где.

Целое утро она бродила по округе, разыскивая таинственную парикмахерскую, пока где-то у не спросили:

— Эфиопочка? Хорошенькая такая — куколка? Это у Даны. Метров двести отсюда...

Там Сима представилась, как Микина клиентка. Она ищет её для своей свекрови — обещала ей. А та такая зараза! Но её разочаровали: Мики тут больше не работает. Ушла. Сказала, что уезжает за границу.

Сима сделала вид, что расстроилась. У неё и так со свекровью отношения не ахти, а теперь вообще каюк! Короче, над ней смилостивились и дали Микин домашний адрес. Сима поехала её разыскивать. По-видимому, в страхе перед Кармоном та где-то затаилась, спряталась.

Но там её встретили не просто неприветливо, а враждебно. В центре старого Тель-Авива, поблизости от давно перебравшейся отсюда Центральной автобусной станции, в когда-то оживлённом человеческом муравейнике, набитом как мешок с солью или с сахаром крохотными лавчонками и магазинчиками, не жила, а копошилась совсем другая жизнь. В давно не знавших ремонта, облезших и облупленных домишках ютились в невообразимой тесноте беглецы из Африки. Чтобы попасть сюда, они выкладывали контрабандистам последние гроши, нередко шли на смертельный риск, но оказывались в гетто. Грязь, ручейки нечистот, остатки шприцов, бумажных пакетиков и обычного мусора. Одинокие или сбившиеся в кучку фигуры непрошенных новосёлов. Прицельные взгляды. Пустые, застывшие от наркоты глаза. Подозрительные движения. Прежние обитатели уже давно покинули этот зловонный район ледяного безразличия и озлобленной бедноты. Но выбраться из вонючей жижи цивилизационной канализации и вздохнуть, как им казалось, свежим воздухом нормальной западной страны, новым жильём там так и не удалось. Здесь правили другие обычаи. Царили другие нравы, иная ментальность. Возможно, если бы их не было так много и сразу, всё бы кончилось по-другому. Хоть и с великим трудом, через унижения и косые взгляды окружающих, они как-нибудь бы прижились. Но когда реальная масса превышает критическую, обычные законы природы перестают действовать. Тонкий лучик исчез, словно его и не было.

Внезапно Сима приметила гоняющего мяч парнишку, который чем-то и как-то отличался от окружающей его среды. Да и на иврите он говорил, вернее, кричал без всякого акцента. А вдруг он что-нибудь слышал или знает о Мики? Сжимая в руках газовый баллончик — единственное оружие, каким она могла воспользоваться в крайнем случае, Сима зябко двигалась ему навстречу.

— Эй, стой! Погоди! Заплачу тебе, если поможешь. Ну!...

Паренёк оглянулся и нерешительно двинулся к ней. Сима всё сильнее ещё держала в руках баллончик.

— Тут где-то жила такая эфиопочка Мики. Парикмахерша. Её ищет полиция. Если поможешь найти её... — и она протянула зелёную банкноту пареньку.

Разглядев её, паренёк встрепенулся. Пятьдесят долларов!

— Что надо? — с готовностью спросил он.

— Это номер моего мобильника. Если найдёшь её, звони, дам ещё столько же...

Расчёт оказался верным. Вечером паренёк её вызвонил:

— Чего трубку не берёшь? Я тебе в третий раз звоню...

— Мобильник был в сумке. Я не слышала...

— Мики сказала, что лучше, если ты с ней встретишься. На новой Центральной автобусной станции. Завтра утром. В десять...

Осторожная деваха! Если что-то в суете этого сумасшедшего дома легко скрыться. Да и нет сомнения: она будет её наблюдать, прежде чем высунется из своего укрытия.

5

В назначенное время Сима была в условленном месте. Как и всегда, здесь сновала в броуновском движении разноликая толпища. Мелькали куда-то всё время торопящиеся пассажиры, орали продавцы киосков, в скученных едальнях поглощали еду десятки спешащих людей. В одном из них она заметила за столом с бутылкой минеральной воды тоненькую эфиопочку с массой косичек на прелестной головке.

Она тут же остановилась и тут же подошла к ней.

— Привет, красавица, — скользнула по её лицу кривая улыбка. — Хочу вам с Нормой помочь. Иначе мой муженёк разорвёт всех нас вместе на куски.

Она действовала наугад. Но здравый смысл подсказывал: Омри не мог не попытаться как можно сильнее эту птичку запугать. И она, по-видимому, боялась его как огня. Слышала или знала, с кем дело имеет.

— Скажу тебе прямо, чтобы ты не сомневалась: я-то знаю, как найти на него управу. Понятно?

Эфиопочка испуганно кивнула, и тоненькие косички на её головке чуть зашевелились.

— Ничего не бойся! Он сам не свой. А что, если кто-нибудь обо всём узнает?

— Он думает, мы его на видик сняли, — почему-то оглядываясь, объяснила эфиопочка. — А у нас ничего нет. Да и не собирались мы ничего снимать.

Симе сразу стало легче. Какая же ты дура, мгновенно пронеслось у неё в мозгу. Как сразу, тупица, не догадалась?

— А теперь слушай, — взяла она Мики за руку с жаром. — Ты ведь хочешь свою подружку вызволить, а?!

Та энергично закивала.

— Я поговорю с её отцом. Но я должна знать, что, если он тебя спросит, готова ли ты рассказать обо всём в полиции, ты скажешь, что да! Он не спросит, но я на всякий случай должна знать, что ты не сбежишь...

— Спасите Норму! — уже не скрывая слёз, стала умолять Микки, — Мы ничего плохого не сделали. Ну, деньжат хотели подкопить, а потом уехать! Всё, что скажете, я подтвержу...

В густой темноте лабиринта заскользил, засветился тоненький, но уже более яркий лучик света. Судя по всему, капризная и сволочная баба Удача снова ей издалека подмигнула.

Сима давно уже не испытывала такого облегчения. Под лежачий камень вода не течёт. Теперь она была уверена в себе и, даже не наметив конкретного плана, Знала: она сможет! Жизнь преподнесла ей важный, бесценный урок, и она его уже не забудет никогда. Неожиданный поворот судьбы способен превратить опасного хищника в беспомощную жертву. А запуганная жертва поневоле станет на его место. Пока ещё даже не представляя, что её ждёт, она уже задумала сложную, запутанную и многоходовую игру. Конечно, возможно всё: подвохи, подножки, провалы! Даже полное банкротство! Но она не даст себя уничтожить без борьбы...

Дома она вытащила из шкафа непочатую бутылку «Курвуазье» и, чего с ней никогда ещё не было, щедро плеснула в бокал. Не до четверти его даже, и не всё. В тех кругах, куда она с Омри была вхожа, коньяк был своего рода символом погружения в самого себя. Этакая отмычка от погреба подсознания и инстинктов. Настоянный в дубовых столетних бочках, он подобен хорошо подогнанному ключу к раскрытию тайн. К проникновению в святая святых человеческого мозга.

Сима уже уверенно набрала номер телефона Шимона Толедано. В трубке раздался отрывистый голос хозяина.

— Шимон? Это Сима Кармон. Я вас разыскиваю...

Голос в трубке секунду помедлил. Вероятно, решал какую интонацию придать ответу. И через достаточное, чтобы почувствовать неловкость, время уже теплее продолжил:

— Рад вашему звонку. Как Омри? Всё в порядке?

— Спасибо!

Он снова замолчал. Варил свою собеседницу в супе неизвестности.

— Мне очень жаль, Шимон, но ваша дочь арестована. Она в полиции...

По другую сторону повисло молчание, человек одного взгляда или лёгкой гримасы которого было достаточно, чтобы смолк смех, притихли разговоры и установилось тягостное молчание,—видимо, не знал, как среагировать.

— Моя дочь? — прозвучало отчуждённым и неодобрительным эхом.

— Да, Норма Блехман,—понимая, что с ним происходит, отозвалась Сима, продолжая игру в кошки-мышки. Он огромный дворовой кот. Она маленькая и пугливая серая мышка. Котяре явно не по себе, что кто-то влез в его кормушку. Сейчас на дыбы станет!

Через ноздри, сухо, до царапанья в ушах, скомкав воздух, Толедано фыркнул:

— Может, объясните, в чём дело?

Суть фразы была нейтральной и не несла никакой информации. Из неё даже невозможно было понять, есть ли у него вообще дочь. А тем более догадаться, что он чувствует и думает. Поражён? Напуган? Разъярён? Не хочет о ней слышать?

Но Сима прошла долгую и нелёгкую школу жизни, и смутить её было трудно.

— Мне очень жаль,—сказала она, изображая конфуз,— я подумала, что если вы узнаете это от меня, вам будет легче. Вы ведь с Омри знакомы так много лет. А я всё-таки женщина, его жена...

Толедано на другом конце города понимал: ждать нельзя. И необходимо принять срочное решение. Оно должно быть точным, но не раскрывать его карт.

— Спасибо, Сима. А что, собственно, произошло? — голос его пузырился от злости, но он пытался успокоить его искусственным тоном. Ему палец в рот не клади! Даже сейчас оставил за собой лазейку. Так, на всякий случай! Чтобы ретироваться и собраться, если понадобится, к прыжку.

— Полиция нашла у неё в квартире травку, марихуану.

Он явно нащупывал, как бы ему половчее вырваться из подготовленного ею капкана.

— Я, наверное, слишком много на себя взяла, Шимон, — поспешила Сима тоже отскочить в сторону, — надеюсь, вы на меня за это не в обиде. Намерения у меня были лучшие. Впрочем, я вас понимаю. Я вторглась без разрешения в семейную сферу. Ради бога, простите...

Ответ прозвучал немедленно и решительно:

— Нам надо встретиться.

Она подождала несколько секунд, словно справляясь у памяти, когда она будет свободна и сможет с ним встретиться.

— Может быть, во вторник. Послезавтра...

— Через час, — услышала она, как выстрел из пистолета.

Под ногами у неё горела земля. Медлить нельзя. В душе у Симы звучала ликующая мелодия. Она справилась! Ей удалось! Сломить железобетонный надолб было почти невозможно, но она это сделала. Но она не забывала, что в гневе Гриф смертельно опасен. А догадаться, что он задумал и каковы будут последствия, совершенно невозможно. Поэтому на душе у неё, несмотря на победу, было тревожно и смутно.

Сима прекрасно понимала: игра, которую она затеяла, сложная, опасная и многоступенчатая. Ведь она привыкла быть в тени. Чувствовать себя в безопасности за панцирем с доспехами, которыми её снабдил Кармон. А теперь она одна и без них на всём белом свете. Причём речь идёт не о рыцарском турнире с куртуазными церемониями, а об омерзительном гадюшнике политики. Иначе о нём за пятнадцать лет жизни с ней Омри не отзывался. Называл его террариумом, прикрытым плотным мешком лицемерия и лжи.

В её случае, конечно, он не такой огромный — хуже провинциальной, но в нём жалят, кусают и рвут плоть не меньше, чем в большом. Как же тогда, скажете, пусть быстрая и сообразительная, но фреха-секретарша на нечто такое решилась? Не струсила. Не спряталась под ближайшим кустом. И вместо того, чтобы, закрыв глаза и робко сжавшись, сдаться на милость победителю, упрямо и дерзко дала ему под дых? Неужто в её крови и впрямь где-то затесался неопознанный до этого бунтарский ген?

Сима поражалась самой себе. По-видимому, всё же годы жизни с Кармоном высвободили её из кандалов условностей. Больше того — позволили глядеть на мир не из-под стола, за которым ей разрешили есть, а сидя за ним, наравне с другими. Да мог ли, если на то пошло, кто-то проникнуть в её тайные мысли? Вообразить себе стратегию игры, которую она наметила? Если да, он бы по достоинству оценил шальную решимость. Ту, которую толкнула её поставить на кон всё её будущее.

Кармон бы в жизни ей не простил унижения, которому она его подвергла. Вышвырнул бы из дома. Голой. На позор всем знакомым. Да заикнись лишь она о садо-мазо, её шальной и самовлюблённый самец-муж растёр бы её в порошок! Уж на такое он способен как никто. Значит надо бить так, чтобы у него не было возможности встать на ноги и ответить ударом на удар...

После скандала он, рассвирепев, обозвал её идиоткой. Но она ею никогда не была. В ней жила та не раз битая, из мусорного ящика везения, скрытая «уличная мудрость», которая делает человека непобедимым. Да ей бы такую обеспеченную семью, как у Омри! Она бы, поверьте, долго в секретаршах не засиделась.

Как и ненависть, обида и злость — самый мощный и быстро действующий мотор человеческой психики. Они способны сделать то, на что не решится самый изощрённый интеллект. Потому что интеллект — машина, а машиной управляет человек с его эмоциями, мечтами и фобиями...

6

Сима договорилась встретиться с Толедано в девять вечера. В торговом центре Азриэли в центре Тель-Авива. К этому времени людской траффик спадает, посетителей становится меньше, и обычный напряг расслабится.

Поставив свой лексус на слегка опустевшей стоянке, она прошла в ворота и поднялась на эскалаторе на второй этаж. Здесь, в скромной и не очень примечательной кафешке, она решила, заказав капучино, дождаться Грифа. Но хотя она и приехала в торговый центр на четверть часа раньше назначенного срока, издалека заметила одинокую фигуру в пустующем кафе. У неё захолонуло сердце — Толедано!

Чтобы как следует взнуздать его, она ещё полчаса походила по магазинам на разных этажах. И только после, когда прошло лишних пятнадцать минут, приблизилась к столику, за которым сидел невысокий, мускулистый мужик своим телосложением чем-то напоминающий танк или бронетранспортёр.

— Простите, ради бога, за опоздание, — ловко изобразила она конфуз. — Пробки! Никогда не знаешь, сколько у тебя времени возьмёт добраться до центра...

Гриф тяжело и властно кивнул. Стальной взор хищника процеживал её насквозь вместе с лёгкими, сердцем и сжавшимся от страха желудком. Поманив пальцем сидящую в глубине студентку-официантку, здесь, в торговом центре, многие студенты работали официантами, он произнёс с места в карьер:

— Что предложишь?

Официанточка затараторила. Гриф кивнул.

— Ладно, неси!

Сима уже не была разбитной и подстилающейся под босса секретаршей. О нет! Перед опасным, безжалостно наглым и заносчивым хозяином жизни сидела опытная интриганка. Здоровенный уже раскрылившийся орёл с острыми, как скальпели, когтями и кривым сабленосным клювом не смог сцапать разноперую канарейку. Она быстренько, почти играючи выскользнула из нацеленного на неё рывка. Мощный зомбирующий взор промахнулся. Лучезарно улыбнувшись, канарейка чирикнула:

— Вы это мне?

Подбородок и брыли Толедано вздрогнули от ярости. Кадык дёрнулся и застыл.

— Полиция обнаружила у Нормы марихуану. Вдвое большее количество чем то, за которое сажают.

— Когда? — еле сдерживаясь, почти пролаял он.

— Четыре дня назад.

Толедано давил её взглядом как тяжёлый танк жалкий окоп:

— Откуда вам это известно?

— Ну, мы же с вами не в кабинете следователя…

Гриф слегка расцепил когти.

— Омри?

Сима сделала вид, что не расслышала.

— Полиция нагрянула к ней в квартиру. Она жила там не одна, — выкинула на кон припрятанный козырь Сима.

Взгляд-дуло Толедано упёрся в цель. А целью была она, Сима.

— Кто её бойфренд?

Чуть приподняв и тут же опустив брови, Сима виновато улыбнулась:

— Не совсем… С подругой… Очаровательная такая эфиопочка…

Толедано скривился, гримаса вышла угрожающая. Но его собеседница лишь развела руками и продолжила:

— Беднягу Норму полгода назад отчислили из армии. Она была на курсе военных лётчиков.

На виске у Грифа забилась одинокая жилка. Щеку передёрнул тик.

Но Сима сделала вид, что ничего не замечает.

— Её туда порекомендовал генерал Алони…

Челюсти Толедано с силой клацнули.

— Насколько точна эта информация?

Гриф заново сцепил могучие когти.

— Шимон, — терпеливо отозвалась Сима Кармон, — давайте на равных! У вас свои интересы. У меня, как вы понимаете, свои.

Взгляд Грифа дымился как масло, попавшее на раскалённую сковородку.

— Ладно, — глухо проворчал он, — валяйте! Что вам от меня надо?

Сима вошла во вкус игры. Тигр повёл себя как дворовой котяра.

— Вы хотите вытащить дочь из беды и избежать скандала? Я готова вам помочь...

Толедано прикрыл глаза, чтобы не выдать клокочущее в нём бешенство.

— А вы поможете мне! Нет, денег вам это стоить не будет! И последствий, если согласитесь, обещаю тоже никаких. Одно условие: никто, никогда не должен знать об этом нашем с вами разговоре. Иначе — скандал...

Гриф снова едва не оскалился.

— О каком скандале вы говорите?

— О том, что Норма может проговориться...

— Да о чём? — гаркнул он. — О марихуане, что ли?

— Я в неё не верю, да и её подружка тоже.

Глухо лязгнув гусеницами, танк замер.

— Давайте не темнить!

— Вы соглашаетесь на моё условие?

Тяжело заворочавшись, Гриф нехотя кивнул.

— А где гарантии?

Она его явно недооценила. Не спуская с неё взгляда, он медленным движением вытащил из элегантной кожаной сумочки чековую книжку «Чейз банка» Соединённых Штатов. Всё ещё продолжая гипнотизировать Симу взглядом, положил её на стол и тщательно расправил. Потом таким же истязающим нервы движением достал авторучку и вывел в первой строке её имя и фамилию.

— Сколько? — заиграла на его устах улыбка дрессировщика в цирке.

Окаменев, Сима не вымолвила ни слова. Гриф презрительно поджал губы.

— Столько хватит? — и он вписал в графу «сумма» число 100 000 долларов.

— Если не хватит, добавлю...

Симе показалось, что Гриф нанёс ей апперкот. Но портить финал эффектной сцены она не имела права. И хотя она была мерзка самой себе и слёзы обиды могли брызнуть из её глаз в любую секунду, она сдавленно чихнула, потом ещё раз и вытерла платком лицо. Он их не увидит. Скотина, — привык всех мерить деньгами...

— Он ваш, — небрежно показал Гриф на чек. — А теперь ваша гарантия...

Сима почувствовала необоримую усталость. Ей хотелось только одного: всё бросить и бежать отсюда, сломя голову.

— Не всё измеряется деньгами, — сказала она. — Возьмите чек обратно...

Он не сдвинулся с места. Ей показалось, она вспыхнула под его взглядом как спичка, которой провели шероховатой поверхности спичечной коробки.

— Девочки жили там не одни...

— Что? — взревел Гриф. — Вы хотите сказать, что моя дочь проститутка?

Горло у Симы пересохло. Слова давались с большим трудом.

— Я этого не говорила. У них дома был мужчина, но никто из них с ним не ложился.

Толедано вздыбился от ярости.

— Тогда что он там делал?

Его глаза сузились как для прицела.

— Не то, о чём вы подумали, — отпрыгнула в сторону Сима, спасаясь от выстрела, — вы его знаете...

Если бы Толедано только мог, он бы задушил эту стерву своими руками. Но он сдержался из последних сил и выдавил свой вопрос как тяжёлый приступ рвоты:

— Кто?

Сима собрала все свои силы:

— Мой муж Омри Кармон...

Ей показалось, что её собеседник подавился и не может вздохнуть. Закусив губу, Сима в страхе ждала пока он придёт в себя.

У Толедано взмок лоб, а взгляд был как у пса, получившего незаслуженный удар от боготворимого хозяина. Он продавил в себя вставший комом воздух, но не произнёс ни слова. Только глядел на неё, пригвождая взглядом. Ждал. И Сима, повинуясь, излучаемой им мощи, прошептала:

— Никто ни с кем не ложился. Омри пришёл из-за садомазо. Вернее, из-за мазо...

Бог сверзься с высоты в бездну. Но даже будучи свергнутым, он всё ещё оставался Богом.

Крупный горбатый нос Толедано сник и уже не был похож на приготовившийся вонзиться в жертву клюв пернатого хищника. А ощерившийся рот вместо режущего слух боевого клича выдал сиплое дыхание:

— Откуда вы знаете? Это он вам сказал?

Сима чувствовала, что задыхается. И, словно катапультирующийся с горящего самолёта пилот, бросила:

— Я там была...

Внезапно раздался громовой хохот:

— И вы — тоже?

Сима мгновенно пришла в себя. Злость пересилила стыд. Что он о себе думает? Что он и вправду Гриф, а она — канарейка? Просчитался! Она не такая дура, какой он её себе представляет. И никакая не беспомощная жертва. У него клюв и когти: у неё — ей нечего терять! Теперь это была не она. Кто-то другой, кто бешено рискуя, решился на немыслимый в девяноста девяти из ста случаев рывок.

— Хватит! — ненавидяще выдавила она.

От неожиданности Гриф буквально ошалел. Но он не понимал, с кем имеет дело. Никогда прежде Сима не делала рискованных ставок в казино, хотя Омри любил иногда туда захаживать. Но сейчас на кону было всё её будущее. И она рискнула. Сделала ставку на зеро. Хотя подсознательно это был не риск, а попытка с помощью самоубийства предотвратить изощрённейшие пытки.

— Ваша дочь ненавидит его. Она сама позвонила мне, чтобы я пришла и застигла его на горячем...

Её вновь погрузила в себя тяжёлая ртуть его взгляда.

— Здорово же он вас достал! Мстите?

Сима попыталась вырваться из обессиливающей воронки отчаянья.

— Нет! — почти вскрикнула она.

— Тогда что? — как плетью по лицу стегнул её Гриф.

И она решилась применить оружие, которое могло или оглушить собеседника, дав понять, что она ни перед чем не постоит, или уничтожить её саму. Для любой другой женщины это был бы снаряд убойной силы, рикошетом способный превратить её в пылающий столб.

— Я хочу вернуть его к себе. Он сволочь, и я его ненавижу, но ребёнка хочу только от него...

Человек — самая малоизученная галактика в природе. Внезапно температура гнева и ярости Толедано резко пошла вниз. Она его просто любит...

— Что я должен сделать? — спросил он обалдело.

— Поговорить с Омри. Вы отец Нормы. Она за решёткой... Толедано не издал ни звука.

— Сможете?

Вот уже полгода мысль о дочери не отпускала его. Он не знал, что с ней. И даже когда услышал, что она в лётном училище, заставил себя сдержаться и не подать виду, что ею интересуется. Резко затормозив, танк сделал выстрел. Но тот был холостым. Толедано с силой грохнул рукой по столу:

— Чёрт с вами...

7

Ворвавшись в его налаженную до мелочей отрегулированную жизнь, Норма отбросила его на четверть века назад, в юность! Туда, где он пытался избавиться от стигмы давно уже отставшего в своём развитии Востока. Но всё равно его всякий раз высокомерно тыкали носом в прошлое. Сам он был саброй,[25] родился в Израиле, но семья бежала из Марокко.

Ему никто и никогда не читал на ночь детскую классику. Не приучал слушать музыку Моцарта или Бетховена. Не за-

---

[25] Сабра — израильское название суккулентного растения с острыми шипами. Так принято называть людей, родившихся в Израиле.

ставлял читать самого, пиликать на пианино или на скрипке. Не таскал по кружкам. Не брал репетиторов. Не устраивал при нём политических дебатов. В семье, в которой он родился, фундаментом и жизненным ориентиром была религиозность. Устоявшиеся традиции. Раз и навсегда сложившийся быт. Всё то, что на протяжении веков предотвращало ассимиляцию. Ведь если в Европе девятнадцатый век стал эпохой эмансипации, когда окончательно пали стены гетто, то на Востоке, в силу самой его летаргической дрёмы, этот процесс задержался еще больше, чем на столетие.

Фактически в глубинке он сохранился ещё и по сей день. Чем, кстати, ловко пользовались и пользуются аутсайдеры от политики, рвущиеся любой ценой дорваться до власти.

Для амбициозного пятнадцатилетнего паренька, которого не раз свысока ставили на место, сопротивление среде стало высокооктановым горючим. Он не боялся использовать его на своём пути. И чтобы доказать, что он не хуже, он нередко пускал в ход в драках хорошо накаченные мускулы. Неудивительно, что он примкнул к израильским «Чёрным пантерам». А те, как и их американские вдохновители, старались вывернуть расизм наизнанку. Из «белого» сделать его «цветным». И только попав в армию, в отборные боевые части, Шимон Толедано вдруг обнаружил, что там его опыт неприменим. Не раз и не два оказывался он в ситуации, когда, рискуя жизнью, другие спасали его, как и он, спасая их...

Если бы не смерть отца и не ответственность за пятерых братьев и сестёр, — он был вторым, — он бы остался в армии. Скорей всего, дослужился бы до достаточно высокого чина. Но судьба заставила его оставить военную карьеру и пойти работать на стройку. Убедившись, что так он много не заработает, Шимон уехал в Соединённые Штаты.

А благодаря властному и решительному характеру за полтора года сумел сколотить целую сеть мелких торговцев чепухой, которая давала совсем неплохие доходы. Сантименты он презирал. В сети был диктатором. Обманул или скрыл? Получай в рыло и дуй на все четыре стороны. Обленился? Вон без выходного пособия! Засамовольничал — обойдусь без тебя!

Платил он вовремя, чего бы это ему ни стоило. Никогда не нарушал данного им слова. Выручал, если кто попал в беду. Но высасывать все соки умел как никто другой. Вот тогда-то он случайно и познакомился с милой и влюбчивой блондиночкой из России. Как выяснилось, с еврейкой. И влюбился. Впервые! По-настоящему! Почему — объяснить бы не мог. Возможно, потому что она была полной противоположностью тому, к чему он привык. Если бы не старая и сволочная карга её мамаша, жизнь его сложилась бы совершенно иначе. Сделал бы деньги! Скорей всего, стал бы миллионером. Или пошёл бы учиться: он что, один такой? И даже привык бы к выматывающей душу классической музыке, которой мстительно угощала его пару раз несостоявшаяся тёща.

Старая карга вызывала у него такое же отвращение, как и он у неё. Но он был при деньгах и делал щедрые подарки. Всё в раз изменилось, когда выяснилось, что Лили беременна. По-видимому, эта истеричная ведьма нашла в записной книжке дочери номер его телефона и попросила его явиться. Лили, свою дочь, она заранее куда-то отослала. Ничего омерзительней он представить себе не мог. Слёзы, заламывание рук, мольбы оставить её дочь в покое. Он ведь сам понимает, что он ей не пара. Кто он такой? Что может ей дать? Она из интеллигентной семьи, а он? Кто его родные? Что у него за образование? Его не просто унижали — снова совали носом в дерьмо. А он был уже не тот. Не мог себе этого позволить. И даже чувствуя, что у него мутится в голове, а в груди нарастают боль и бешенство, он подошел к входной двери, его настиг её трагический вопль:

— Как! А деньги на аборт?

Он швырнул в неё кошельком, в котором было на пару абортов.

Все его дальнейшие бесчисленные попытки вызвать к телефону её успехом не увенчались. Гранма всегда брала трубку сама.

— Лили ещё не пришла в себя после аборта... Пожалуйста, больше не звони, она не станет с тобой разговаривать...

Он не мог не вернуться в Израиль из Нью Йорка. Ему все всё напоминало о Лили, которую он по-настоящему любил...

Теперь вся эта рванная и не прекращающая гнить рана дёргала его мучительными болями. Когда Норма, явившись к нему домой, устроила скандал и закатила сцену, он и представить себе не мог, что это его так всколыхнёт. Мало того — лишит покоя и привычной уверенности. Ведь если она смогла, значит он уже не так неуязвим. Сделавший сам себя несокрушимый мужик с гипертрофированным чувством собственного достоинства, он привык побеждать. А если получать, то получать, только то, что выбрал сам. А ему уже во второй раз в жизни не только не дали выбрать — унизили и почти опустили. Разве сравнить, что он чувствует к своей нынешней жене, с тем, что кружило его и сводило с ума, когда он крутился возле матери Нормы? Не сожгла ли ему обида мозг именно тогда, когда он должен был проявить мужество и хладнокровие? И что, если сама Лили ждала его, мучилась, страдала, а он, предав её, оставил на милость говенной паскуды-мамаши? Взревновал и вознёсся? Хуже — струсил? Ведь он так и не пошёл искать больницу, в которой работала тётка Лили. Побоялся, что та встретит его таким же залпом спеси и напыщенной брезгливости, как и её мамаша!

Но было и ещё что-то, что не давало ему покоя и чего он принять и простить просто не мог. И что приводило его в ярость, хотя он бы сам никогда не сознался никому не свете. Ведь никто из его троих законных детей не посмел бы решиться на то, что позволила себе Норма. У неё такой же взрывной и решительный характер, как и у него. И это она его настоящая дочь. Не боится ничего, как и он. Также решительна и самолюбива. И даже внешне похожа на него куда больше, чем его сын и две дочери. Взять хотя бы этот толеда-новский, чуть с горбинкой, нос или фиолетовые с отблеском глаза. Его дочки по сравнению с ней — изнеженные и не способные на что-то дельное куклы. А сын — милый и избалованный щёголь, голова которого пуста, как футбольный мяч.

А потому, как не хотелось ему встречаться с Кармоном, он себя пересилил. Это было необходимо. Позвонил. Сима дала ему номер его собственного мобильника.

— Господин Кармон? Шимон Толедано...

В ответ раздался бодрый смешок:

— Прорезался!

Опять его беззастенчиво поставили на место. И хотя внутри него снова поднялась какая-то душная волна, Толедано себя пересилил.

— Я бы хотел с вами встретиться...

Кармон, вряд ли, мог знать, что Норма — дочь Толедано.

— Зачем же дело? Мой офис в высотке «Азриэли» в центре Тель-Авива. Скажи только, когда и в котором часу. Сейчас переведу на секретаршу...

Но Толедано его мгновенно прервал:

— А если в другом месте?

Кармон ненадолго замолчал. Что-то подсказало ему, что разговор будет не из приятных. Предчувствие обманывало его крайне редко. Но показывать этого он не собирался.

— Окей! Тогда после восьми вечера. До этого я занят. Клиенты...

— Мне надо только сегодня!

Что-нибудь срочное?

— Откладывать этого нельзя...

Толедано счёл нужным что-то прибавить, чтобы не оставлять инициативу Кармону.

— Далеко вам ехать не придётся. Буду ждать там вас, в торговом центре. На втором этаже. В кафе...

Толедано встречался там с Симой Кармон. На душе у него скребли кошки. Как вести разговор, он ещё не придумал. Его загнали в тупик. С одной стороны, Сима и его обещание ей. С другой — он ведь, по сути, обязан Кармону жизнью. Если бы он не вылетел тогда срочно в Штаты, его бы либо подстрелили, либо,— куда более любимый для мафии способ ликвидации — подсунули взрывчатку в машину...

Кармона в условленном месте он узнал сразу уже издалека. По уверенной и раскованной осанке. За четверть века люди неузнаваемо изменяются, но у некоторых остаётся что-то, что невозможно вычеркнуть из памяти или забыть. Хотя бы, этот, словно ощупывающий, насмешливый взгляд серых глаз, надменная полуулыбка в уголках чувственного рта. Он, конечно, постарел и поседел. Отрастил двойной подбородок, потеряла прежнюю свежесть кожа, стали видны не очень явные швы морщин. Но всё равно это был прежний жизнелюб, насмешник и баловень судьбы. Есть в человеке что-то, что даётся сразу с рождения, как красота или уродство, и ничего изменить нельзя.

Кармон разглядывал его с явным любопытством, но ни жестом, ни словом не дал понять, что перед ним уже далеко не тот неугомонный и амбициозный парень, которого он когда-то вырулил из Израиля за границу. Толедано опустил взгляд первым. Ему было куда тяжелей. Достав электронную сигарету, он вдохнул и выдохнул вместе с воздушной подушкой всё, что давило его изнутри.

— У меня арестовали дочь. У неё нашли марихуану. Она в полиции...

Блики усмешки, которые всегда были своего рода личным паспортом Кармона, внезапно исчезли:

— И... Я могу чем-то помочь?...

Толедано говорил медленно, словно подчёркивая смысл каждого слова.

— Нашли у неё дома, хотя она в жизни ни разу её не попробовала. Кто-то ей её подложил...

Кармон сразу понял, о чём и о ком идёт речь. Инстинкт его никогда не подводил. Но ни один мускул на его лице не дрогнул, хотя Толедано следил за выражением его лица более чем внимательно.

— Хочу, чтобы вы её оттуда вытащили. Думаю, это будет вам не очень трудно. В её крови нет и следа от этой дряни. Заплачу любую сумму...

Но он плохо знал Кармона. А правилом того было: если уж бить, то в самую больную точку. Чтобы сломить сразу...

— Почему я?

Толедано ответил после пары секунд молчания. Только хрипло кашлянул и совершил новый выпад:

— Потому что вам я верю...

Но он, опять-таки, не учёл характер собеседника. Тот был не только умён, но и так же крут и рискован, как сам Толедано.

— Я за это не возьмусь. У меня другая ориентация...

Желваки на висках Толедано двинулись и застыли. Глаз он не поднимал. Кармон не мог этого не заметить.

— Если хотите, я дам это дело одному из адвокатов, которые работают у меня в фирме.

— Нет, спасибо! — выдавил из себя Толедано и медленно, подчёркнуто медленно, встал из-за стола. Только на Кармона такие намёки действовали, как лёгкое подрагивание воздуха.

8

Капкан захлопнулся. Сима чувствовала, как земля уходит у неё из-под ног. Кармон умён как дьявол и остёр как скальпель. Память его подобна банковскому сейфу — ничто не пропадает. Напористостью своей он способен сокрушить не только человека-скалу. И надеяться, что он оставит её в покое, не просто глупость — ошибка. Скорей всего, он уже почуял, откуда дует ветер. Иначе с чего это вдруг Толедано обратился к нему как к адвокату? Кто ему посоветовал? А что, если Сима? Тогда она его главный враг. Если так, то все её попытки перехитрить и обставить его — иллюзия.

Сима хоть и не могла управлять своими эмоциями, как жокей лошадью, была бабой незлобивой и даже сентиментальной. А семью, как и всё, что с ней связано, почитала как главную заповедь жизни. Ей не раз приходилось выслушивать по этому поводу насмешки Кармона. Он пытался убедить её, что зло и жестокость чаще всего никакой не выбор, а осознанная, пусть и безнравственная, необходимость.

— Если бы нас, людей, сотворил Господь Бог, — ухмылялся он, — то в великодушии своём сделал бы нас добряками и альтруистами. Представляешь себе, какой бы стала тогда жизнь? Люди бы подохли от скуки и отсутствия цели. Ещё шевелиться, менять что-то! От хорошего ещё лучшего не ждут: а зачем?

И хотя до семнадцати лет Сима жила в богобоязненной соблюдающей традиции ортодоксальной семье, противостоять Кармону она оказалась не в состоянии.

— Нас, Сим, создала эволюция, а не Бог, — бесчинствовали в серых глазах Омри насмешливые блики, — а потому мы любыми средствами обязаны бороться за своё существование...

Когда Толедано снова вызвонил её по телефону, она сумела, к своему изумлению, напрячься и взять себя в руки.

— Шимон, — сказала она ему, — я понимаю, что Омри и вы — танки, а я только малолитражка. Но у малолитражки больше манёвренности. И она легче ускользнёт из-под гусениц.

— Это как? — насторожился он.

— А так... Я сделаю обманный манёвр, как говорят в армии.

Толедано удивлённо смолк:

— У вас что, талант на это дело? У меня — нет...

Сима проглотила душащий комок, но сделала над собой ещё одно усилие. Она не привыкла не давать сдачи на удар. А потому ответила ему так, что он не на шутку обозлился:

— Если бы вы были правы, вы бы не стали миллионером...

Он аж крякнул от злости. Но Сима не хотела терять такого важного союзника, как он, и резко смягчила тон:

— Поймите! Если вы один и я одна, то мы бессильны. Но вместе нас не победить.

«Ну и самоуверенная же бабёнка! — зло чертыхнулся Толедано, — тоже мне...»

— Тогда обойдусь без вас... — долетело до него из мобильника.

Чтоб какая-то баба его презрительно оттолкнула? В нём завопили вдруг многие поколения беглецов из средневековой Испании в покорённую мусульманами Африку.

— Это что, — вы хамите мне? Думаете — сойдёт?

— У вас дочь за решёткой!...

Толедано сморщился и клацнул зубами. Вот пиявка, пристала и не отстаёт...

— И что вы там предлагаете?

В её способность к интригам он, конечно, не очень верил. Но без неё, понимал, ему ничего не добиться. Если очень постараться, научиться, в принципе, можно чему угодно. Ведь хитрость проявляется уже с младенческого возраста. Ребёнка поймали на том, что он разбил тарелку, а он выкручивается как только может. Юлит, выдумывает нелепые оправдания. Разве не так? И хотя воспитание и опыт меняют потом характер и поведение человека, без уловок и хитрости не прожить.

На рынке успеха правят не пророки, а пройдохи. Поэтому в такой цене ловкачи и демагоги. Трюк и уловки и змеёныша превратят в голубя. Недаром капканы обычно делают похожими на цветочные клумбы, а подножку выдают за трогательную заботу о вашем здоровье. Да не будь её, вы бы голову о стенку разбили! Заверните падаль в изящный и дорогой пакет, и вас примут в избранном обществе. Объявите вероломство символом сердечности и человеколюбия, и вас сочтут творцом новой идеологии. Далеко не все хотят об этом знать, но в скрижалях цивилизации не десять библейских заповедей, а одиннадцать. Последняя — тайная: хочешь чего-то достичь? Стань плутом!

Взять, к примеру, ту же политику! Разве она не построена на обмане? Хуже того — на предательстве? На перехлёсте тайных и недолговременных интересов? А ведь люди, которые ею занимаются, весьма почитаемы. В мерзавцах не ходят. Хотите преуспеть? Нацепите на голову корону искупления несправедливости! Не жалейте усилий для грима альтруизма и благородства!

Прикройте язвы мантией человечности! Ура! — перед вами не просто гуру и идеолог-спаситель!

— Вы что-нибудь слышали об адвокате Шауле Санани?

Толедано чуть сморщил брови:

— Нет! А что?

— В одном из мобильников Омри я нашла за последние три дня несколько звонков в офис Санани. Всякий раз, когда трубку брала секретарша, Омри называл себя и просил связать его с её шефом.

— И что поэтому? — ворчливо спросил Толедано.

— Я кое-что глухо, но слышала о нём. Среди уголовников он довольно известен. Думаю, из него можно было бы кое-что вытащить.

Толедано молчал.

— У вас есть кто-нибудь, кто мог бы это сделать?

— Ладно! — прервал он её. — Попробую. Через Менделя Гурвича. Он у меня на подхвате, а о нём говорят, что он ящер израильской юриспруденции в области недвижимости. И очень многих знает...

Выключив мобильник, Толедано тут же связался с Гурвичем. Откладывать он не любил.

— Мендель, это Шимон. Ты знаешь что-нибудь о таком своём коллеге, как Шауль Санани?

В ответ раздался такой яростный выдох, что Толедано ошарашенно вздрогнул. Представил себе похожую на тушу постаревшего бегемота фигуру, голый морщинистый череп и запылавшие бешенством маленькие голубые глазки.

— Тебе этот подонок для чего нужен? Ты не знаешь, с кем связался...

— Мендель, — успокоил его Толедано, — меня лишь просили узнать о нём всё, что только возможно...

— Мразь! Его аура — преступный мир. Он с ним накоротке, как ты с акулами бизнеса. Мелкая сошка, но он опасен... Как кобра...

В голосе Гурвича кипела такая ярость, что Толедано даже отстранил свой айфон подальше от уха.

— Тебе приходилось с ним пересекаться?

— Однажды, — прорычал в ответ Гурвич. — Имел сомнительную честь на конференции в Гамбурге.

— А что-нибудь более конкретное?

Вопрос Толедано привёл Гурвича в ещё большее раздражение.

— Послушай, а что, моего мнения для тебя ещё недостаточно?

Толедано не хотел с ним ссориться и поспешил успокоить:

— Мендель, я хорошо знаю тебе цену и обратился к тебе только потому, что считаю тебя лучшим адвокатом в стране.

Бегемот притих. Лесть всегда приводила его в хорошее настроение.

— Шимон, — не связывайся с ним ни за что на свете! Я вообще считаю, что им должны были заняться наши следственные органы.

— Даже так? — удивился Толедано.

— Он из Сдерота. Тебе ведь не надо рассказывать много, ты сам знаешь...

Гурвич ступил на скользкую почву. Толедано знал, потому что и сам был из той же среды. А потому сразу же добавил:

— В конце концов, мои родители тоже поначалу после приезда в Израиль жили в бараках. Бежали из Румынии советов[26]...

Но Толедано продолжал своё:

— Ты считаешь, что он связан с мафией?

Бегемот пренебрежительно фыркнул:

— Гораздо хуже!

— Вот как?

— Внешне — типичный рыночный торгаш. А знает в совершенстве три европейских языка.

— Прямо уж три! — усмехнулся Толедано.

— Шимон, — взъярился Гурвич, — я говорю это совершенно серьёзно. Сам слышал. Даже сказал кое-кому из ШАБАКа.[27]

Весь свой разговор с Гурвичем Толедано почти дословно передал Симе. Разумеется, без реакции, которую он вызывал в нём в нём самом. Услышанное его подстегнуло.

Толедано принадлежал к тому типу людей, которые мчатся к цели как экспресс, не останавливаясь на промежуточных станциях. А ведь речь шла о его дочери...

— Я сегодня же его разыщу этого Санани и встречусь с ним.

— Один, без меня, вы ничего от него не добьётесь.

Толедано вспыхнул: «Этого ещё не хватало! Она его будет учить!»

Но Сима не дала ему опомниться:

— Он знает, что я жена Омри, и поймёт, что дело серьёзное.

Конечно, она не стала рассказывать Толедано о том, что сама связана с этой историей. Но тот был умён и понял: ситуация куда запутанней, чем можно себе вообразить. Ему с его характером с такими бабами, как Сима, общаться не приходилось. Да и встреться он с такой, добром бы это ни для него, ни для неё, не кончилось. Его привлекали совсем другие женщины. Как мать Нормы — Лили или его жена Михаль. Куда более ограниченные, чуть-чуть беспомощные, но ласковые и в общем непривередливые.

---

[26] Румынии советов — Социалистическая Республика Румыния — социалистическое государство, существовавшее с 1947 по 1989 год.

[27] ШАБАК (или Шин-Бет) — аббревиатура названия системы спецслужб Израиля. Занимается контрразведывательной деятельностью и обеспечением внутренней безопасности.

А в Симе чувствовались внутренний стержень, жизненный опыт и скрытая шифровка секса. Долгого, тягучего, выматывающего!

Её он бы долго не выдержал. Чтобы выдрессировать такую бабёнку, надо быть не просто мачо, а альфа-самцом. Именно к таким в тайне тянутся женщины.

В них тот сплав цинизма и легкомыслия, непостоянства и пренебрежения, который волнует женские рецепторы своей загадочностью. Неудивительно, что кармоновскую браваду Толедано воспринимал как расчётливо подобранный стиль жизни. Таким всё прощается. С ними ярче, спокойней, проще. Никаких истерик, жалоб, интеллигентского нытья. Наверное, многие бы не прочь подключиться к такой «зарядке», но не каждый способен на такое напряжение.

В отличие от своего мужа, Сима вызывала у Толедано насторожённую враждебность. Слишком уж чувствовалась в ней внутренняя свобода и независимость. Возможно, это влияние Кармона и окружающей его среды. Она ведь крутилась там полтора десятка лет. А если так, понятно, почему чувства и эмоции перестали быть для неё сутью и превратились в своего рода театральную декорацию. Баба эта уже настолько оевропеилась, что рассудок и расчёт отодвинули инстинкты вглубь подсознания. Правда, расчёт слишком сильное слово, скорее — прок, смысл, толк. Поэтому никаких сантиментов из прошлого он к ней не чувствовал.

— Его офис? В Яффо? — присвистнул в удивлении в мобильник Толедано, — Где удобней вас взять?

9

Маневрируя в потоке машин на автомагистрали Южный Аялон, Толедано застрял во времени, как в траншее. Под перекрёстным огнём воспоминаний он перескакивал из настоящего в прошлое, из прошлого в настоящее, пытаясь приземлиться в будущем. От этого на душе становилось ещё паршивей. Должен ли он себя винить? Кто-нибудь другой нашёл бы массу оправданий, но Толедано упрямо смотрел в глаза не только опасности — самому себе. Несчастная девчонка, которая жила с полусумасшедшей старухой-бабкой, почти не знавшая ни матери, ни тем более отца, она, конечно же, запуталась. А он, Гриф, как его прозвали за характер, не в состоянии ей помочь?

В нём схлестнулись гнев и сострадание, надежда и решимость, покаяние и отчаянье. Он, Шимон Толедано, жёг себя на костре совести и не мог понять, почему это делает. Ведь и девчонку эту он видел всего-то каких-то полчаса. Почему же она вызвала в его душе не стихающую бурю? Хуже — заставила усомниться в самом себе. Он не мог забыть её взгляда, в котором за презрением скрывалась боль, а за гневом слёзы.

Так уж устроен человек: даже в минуты кризиса он не может отключиться, забыть о том, что происходит вокруг. То, что гнетёт его и не даёт успокоиться, неожиданно отступает на второй план, а в память вторгается реальность. Едва заметив на углу припаркованный красный лексус Симы, Толедано усилием воли придал лицу выражение каменного безразличия. Не просто так, взвинчивал он себя, она выбрала для своей машины такой будоражащий цвет. Это ведь тоже черта характера. А тот словно бы предупреждает: ты там не очень-то! Со мной у тебя этого не получится!

За годы жизни в Штатах, где он прожил немало лет после бегства из Израиля, Толедано прошёл суровую школу жизни. Америка была другой планетой с совершенно непохожей на привычный Левант ни атмосферой, ни отношениями между людьми. Здесь не принято было шуметь, лезть на рожон, фамильярничать, взрываться. И это ему настолько мешало, что он пошёл на шаг, который вызвал бы немало насмешек на родине. Выискал спившегося актёра, и тот учил его, как он должен вести себя в разных обстоятельствах. Жестикуляции, взглядам, тембру голоса. Словам и выражениям, какими надо пользоваться в том или ином случае. С тех пор Толедано если и снимал с себя маску сдержанной благовоспитанности, то лишь в крайних случаях. В основном когда ему надо было показать землякам, что нечего считать его за лоха, или если человек ему сильно не нравился. Как эта самая Сима Кармон...

Офис Санани находился на Иерусалимском бульваре в Яффо на третьем этаже старого и достаточно потрепанного дома. Об этом ещё внизу, при входе, извещала небольшая металлическая вывеска на стене: «Адвокат Шауль Санани. Уголовная практика. Выступления в судах». Лифта внутри не было. Лестничная клетка — тёмная и неухоженная, с запахом затхлости. В приёмной уже сидели два клиента.

— Сима Кармон и Шимон Толедано, — сказала Сима секретарше, которая сообщила шефу о новых клиентах.

По-видимому, она забыла выключить громкую связь, потому что в ответ в ответ раздалось что –то на русском языке. Ничего хорошего это не предвещало.

Толедано сидел с каменным выражением лица. Сима копалась в мобильнике. Наконец, из за открывшейся двери кабинета вышел чем-то озабоченный посетитель с коротко стриженной туповатой причёской и здоровенной серьгой в ухе. К неудовольствию двух других поджидавших секретарша жестом предложила Симе и Толедано войти.

В старом кресле сидел смуглый брюнет лет пятидесяти с чем-то. Седина уже затронула его чернильно-чёрную шевелюру. Тёмные, похожие на греческие маслины глаза внимательно скользнули по гостям. Застывшие губы сложились в удивлённую полуулыбку, которая должна была бы означать: вот уж не ожидал! Встав из-за стола, Санани энергично двинулся навстречу пришедшим. Чуть поклонившись, протянул руку Симе. И лишь затем — Толедано и жестом пригласил обоих усесться в такие же, как у него, кресла по бокам от стола. В глаза обоим посетителям он старался не глядеть.

— К вашим услугам! Чем могу служить?

Толедано решил предоставить инициативу Симе: эта бабеха ещё та барракуда! У него все вышло бы грубей и только могло повредить. Она подкрадывается так незаметно, что никто этого не ощущает и хватает мужиков за яйца. Где она только этому научилась? Вряд ли от Кармона...

Сима демонстративно развела руками. Её жест подчёркивал глубину её оскорбленного недоумения:

— Дочь Шимона, — кивнула она в сторону Толедано, — в полиции. У неё нашли наркотики, хотя она никогда в жизни ими не пользовалась.

Адвокат еле заметно лизнул языком нижнюю губу. На Симу он не смотрел. И это лишь усилило её подозрения, что он явно причастен ко всей этой истории.

— Ваш визит для меня, конечно, большая честь, — услышали они его негромкий, с явным восточным акцентом голос, — но я полагаю, вы бы могли найти адвоката куда более подходящего...

Толедано не спускал глаз с Симы: как она среагирует? Эта баба не только умна, но и стремительна в своей реакции. Сам он так молниеносно перестраиваться не умел. Поэтому и взял на себя роль подстраховывающего игрока.

Сима переложила одну ногу на другую и одарила хозяина кабинета самой восхищённой улыбкой из всех возможных:

— Шауль, — легко и элегантно поставила она его на место, — вы скромничаете! Про то, что вы владеете английским, немецким и французским, мы уже слышали. Но что и русским тоже?

По лицу адвоката проскочила неожиданная гримаса, но акцент вдруг исчез. Эта сволочь Гурвич уже раструбил по всему свету про свой позор на конференции в Гамбурге. Интересно, как он это преподнёс в свою пользу? Уж не сделал ли его, Шауля, развёдагентом американской Си Ай Эй или английской MI6? Одно было ясно. Он, Шауль, влип! Скорей всего, кармониха горит желанием отомстить своему супругу, который попался в медовую ловушку. Если она здесь с этим типом недаром его прозвали Грифом, — значит, они нащупали какой-то след.

Санани вдруг ощутил каким тяжёлым и неподъёмным стал низ живота. Наверное, так почувствует себя непрошенный посетитель с Земли, попавший на Юпитер или Уран. Притяжение вот-вот сомнёт его в лепёшку. Ему вдруг пришло в голову, что у подлости есть скрытая генетика, и химией своей она способна мутировать в месть. Чёрт, да мог ли он отказать Кармону, когда тот по уши в дерьме? Вот ведь вляпался, чёртов авантюрист! И как всегда, — из-за баб!

В озябшей душе Санани отчётливо пульсировал страх. Он не чувствовал такого даже на войне. Но тогда он отвечал только за себя, а теперь не только за свою репутацию — за всю семью. За что это ему? Кармон так и остался для него загадкой. Его потянуло в политику, хотя ему не надо было будоражить своё либидо с помощью власти. В постели Кармон был мачо. Конкистадор! И абсолютно не нуждался в заполняющем нехватку секса наркотике власти. Дурман славы, виагра восторга и восхищения — это не для него. Он слишком для этого был самодостаточен. Впрочем, нет правил без исключений...

— Я надеюсь, не моё знание языков привело вас ко мне? — съязвил Санани, силой отключив подсознание.

Сима удивлённо подняла брови и, словно не замечая присутствия Толедано, продолжила:

— Нет! Но мы уверены, что помочь нам можете только вы. У вас близкие отношения с Омри. Он вас очень ценит...

Странное это было ощущение. Слова обретали плоть, а плоть набухала кровью. Намёки выглядели ловушками, а недоговорённость минным полем. Каждый оттенок грозил превратить его в огненный столб взрыва.

Санани был убеждён в одном: любая неосторожность может стать роковой. Главное сейчас не дать себя застигнуть врасплох. Как можно больше туману и неопределённости. Что им известно, терзала его мысль.

— А почему вдруг полиция заинтересовалась ею... Как зовут вашу дочь? — обратился он к Толедано.

Сима заметила, как напрягся у того подбородок, и резко толкнула его туфлей в правую ступню.

— Что вы не подскажете нам по этому поводу говорит ваш опыт адвоката?

Толедано тяжело заёрзал на своём кресле, но промолчал. Он вдруг вспомнил свои уроки у нью-йоркского алкаша-актёра и ровным, лишённым чувств голосом произнёс:

— Одно могу сказать: я не пожалею ни средств, ни сил, чтобы разобраться в этом...

Санани с ледяной учтивостью кивнул головой. Ему показалось, она весит несколько тонн.

— Я постараюсь выяснить что-нибудь в полиции и завтра же сообщу вам.

— Так вы берётесь за дело? — провернула в его сердце нож Сима.

— Если вы так просите, — прихлопнул рукой по поверхности стола адвокат.

Страх — проявление здравого смысла. Если они догадались, что наркошу подослал к дочке Толедано он, Санани, ему несдобровать. Добрые намерения склонны испаряться как туман. Всегда так: хочешь сделать добро, а оно оборачивается злом.

В памяти Санани почти осязаемо мелькнула сильно потрёпанная, но всё равно сохраняющая печать интеллигентности физиономия троюродного брата Нелли — Леона. Этот двадцатишестилетний малый, ещё не так давно смахивавший внешностью на модного киноактёра, был не просто болью и позором оставшейся в России семьи — её роком и ужасом.

Это ведь только представить себе — красавчик, гордость, везунчик, и тюрьма за компьютерное хакерство. Гениальность и решётка. Грёза девиц и добыча уголовников! А сейчас сломленный и опустившийся бедолага. Родственники надеялись, что в Израиле он снова станет на ноги, но здесь он лишь продолжал опускаться все ниже и ниже. Доберись до него сейчас полиция, даже ему, Шаулю Санани, уже несдобровать. Не исключено, что дело запахнет судом.

Шаулю не надо было объяснять, с кем из этих двоих его посетителей стоит иметь дело. Покопавшись на столе, он взял в руки две визитки. На одной из них был обычный номер телефона, и он протянул его Толедано. А едва тот отвлёкся, другую с засекреченным номером Симе и сделал знак глазами. А та мгновенно сунула её в свою сумочку.

Закончив с клиентами и отпустив секретаршу, Санани остался в офисе один. Позвонил домой жене. Сказал, что должен кое-что обдумать и, если ей что-нибудь понадобится, пусть с ним свяжется. Сколько он так просидел, он не знал. В голове воспалённо бродила целая толпа призраков, и избавиться от неё он никак не мог. Потом его потянуло в дрёму и тяжело гружённый состав сна, в конце концов, вздрогнув и громыхнув, тронулся с места. Он отключился…

Очнулся, лишь когда забился в истерике мобильник, и то даже не сразу ещё отошёл от липкого варева забытья. Из окна стылым взглядом глядел ртутный диск луны. А из мобильника послышался взволнованный голос жены:

— Что-нибудь случилось?

— Нет, — как можно ласковее ответил он.

— Я же чувствую...

— Ты же знаешь, — бывает...

Необходимо встретиться с кармоновской половиной. Она намного смышлёней, чем этот дубоватый ограниченный тугодум — Толедано. В ситуации, в какую он попал, как в нервном узле, сплелись десятки рецепторов. И их надо не только расплести, но и составить из них новую схему. Чтобы не контачили. И не спалили всё вокруг.

Кармонша, безусловно, взбешена: её супруг развлекался с молоденькими сучками. Надо обязательно вызнать, чего она хочет. Если получить деньги и оставить Омри, это одно дело. Отомстить — другое. Но возможно, говорил его опыт, и третье: всегда — всегда самое неожиданное. Что же это? И каковы тайные помыслы самого Кармона? Хочет ли он отделаться от своей половины и всё объясняется тем, что боится скандала? Или у него какие-то другие планы? И наконец, как быть и что делать с этой американской дурой?

Слава богу, Кармонша — баба смышлёная! Сразу сообразила, что он даёт ей номер своего засекреченного мобильника. Теперь она сможет с ним связываться инкогнито. Он не сомневался: она позвонит, и очень скоро. И когда услышал в трубке её голос, испытал освобождающее облегчение.

— Это Сима Кармон. Где и когда мы могли бы с вами встретиться?

10

Они уговорились на утро. Для неё — очень раннее: ровно в восемь. Секретарша приходила лишь к девяти. Санани был в офисе уже в половине восьмого. Сима появилась в две минуты девятого. Теперь он рассматривал её куда более внимательно. Скорее, — изучал. Полагаясь на интуицию и опыт, старался представить себе, чего от неё можно ждать и как себя с ней вести. Крупные чувственные губы. Цепкий, сразу всё схватывающий взгляд. Энергичная, напоминающая лошадиный хвост, причёска. Кто она? Что собой представляет?

Амбициозная стерва? Крикливая и назойливая бабёнка? Циничная и знающая себе цену пиявка? Внутренняя интуиция подсказывала: всё это лишь внешняя оболочка. Как домик у черепахи. А ему, Шаулю Санани, надо поскорее решить, как показать ей, что он — не враг, а союзник.

И тогда, словно рискнувший на опасный трюк дублёр, он махнул рукой и задал свой первый вопрос:

— Мы можем говорить открыто или предпочтём игру?

Она не сводила с него взгляда. Всматривалась. Цепко. Внимательно. Но на вопрос так и не ответила.

— Хорошо! — глубоко и почти обречённо вздохнул Санани, — начнём с другого. Скажем: что для вас предпочтительней? Скандал? Деньги? Тихий развод?

По идее, он давал ей возможность пусть замаскировано, на намекнуть на цену. Но она только раздражённо двинула головой из стороны в сторону:

— Ни то, ни другое, ни третье...

И он слегка оторопел. Что это? Продуманная заранее игра? Притворство? Ловушка? А если и вправду, хоть и маловероятно, устранить усталость и отчаянье? На откровенность он, конечно, не очень рассчитывал. А потому незаметно бросал на неё быстрые взгляды, словно надеялся, что они раскроют ему в ней нечто тайное и глубоко личное. Сима и вправду, думал он, совсем не та, какой может показаться. И Шауль снизил тон. Придал ему оттенок удивления и доверительности:

— Тогда что?

Целую минуту они оба не издали ни звука. Сима была уверена, что между арестом Нормы и взломом в её квартире есть прямая связь. И роль Санани в ней, подсказывала интуиция, несомненна. А он думал о том, что если, в конце концов, всё вылезет наружу...

— Так мы и будем молчать и бояться друг друга? Тогда ничего у нас не выйдет...

Сима вздрогнула.

— Что вы хотите?

Этой бабе было свойственно редкое чувство собственного достоинства. Не показная и фальшивая спесь, которая, обнаружившись, срывается в истерику, а внутренняя сила и твёрдость. А ведь она, как и он сам, выбралась из нищеты. Но ему, духовному сыну Макса Шрайбера, повезло: он ещё в детстве прошёл неплохую закалку. Симе же было в тысячу раз тяжелей. Что-то в ней явно ему симпатизировало, хотя он не смог бы объяснить, что. И опять инстинктивно, но он нашёл единственно верные слова, заставив её поверить, что он искренен:

— Не бойтесь! Страх — реакция здравого смысла. Он западня только в крайних случаях. В одном хотел бы я вас уверить: если я продам вас, вы ведь меня уничтожите, правда? Давайте поэтому не как друзья, а как союзники. Как двое в лодке в бурю. Одному из нас не спастись. Только вдвоём.

— Я хочу остаться с Омри, — глухо донеслось до него. — Хочу от него ребёнка. Они нужны мне двое...

Шауль то лишь от жалости, то ли от неожиданности вздрогнул. Её слова прозвучали для него как признание под пыткой. Но он ведь её не пытал. Она сама приоткрыла перед ним дверь в кишащую змеями пещеру своих комплексов. А оттуда дохнуло таким смрадом унижений и насмешек, таким холодом и одиночеством, что ему стало не по себе. На какую же жертвенность надо быть способной, чтобы в порыве безнадёги позволить себе сознаться в самом сокровенном? Тогда движимый жалостью и сочувствием, он совершил один-единственный поступок, который сразу же снёс отделявшую их стену.

— Найти «жучок» я послал одного наркомана. Он взбесился из-за того, что ничего не обнаружил и не получит всей суммы. Вот и сунул в ящик тумбочки свою заначку. Купил ее, наверное, на аванс, что я ему дал. А ещё столько же, я обещал ему, дам найди он жучок.

Но все надежды растаяли как дым...

Глаза у Симы потемнели и расширились. Казалось, они разбегутся сейчас в разные стороны.

— Это от отчаянья, — почти не веря в то, что она это слыши, продолжал Санани. — Только подумать, сколько дряни он упустил...

Случилось нечто невообразимое. Такое, что возможно только в амоке сострадания. Когда от накипевшего горя и страха люди теряют остатки осторожности и готовы почти на самоубийство. Сима даже не поняла, что плачет. Трясётся от рыданий. Такого с ней никогда не было и не могло быть. Чтобы её так растрогало чужое сочувствие? Её? Которую никто не жалел и отшвыривал, как банановую коржуру под ногами? Ведь даже Омри, которого она любила, лишь посмеялся бы, обнаружь он, что Сима сентиментальна.

— А что, всё так безнадёжно?

Полный горечи голос её поразил Санани настолько, что он инстинктивно приоткрыл свой привычный панцирь. И сам этот внезапный поступок связал их потом не подающимися объяснению узами доверия.

— Знаете, мой настоящий отец погиб в Шестидневную войну. Мне только-только пять стукнуло. А мать с другим сошлась. Он был много старше её. Его звали Макс. Макс Шрайбер. И была у него такая присказка: хочешь жить? Учись ходить по канату. Побоишься — вниз, в пропасть упадёшь.

Вспомнив Макса, Шауль даже улыбнулся.

— Ещё тот был мужик! Звезда немого кино! На вид — граф, а родился в какой-то словацкой дыре. В бедной еврейской семье. А какая элегантность! Шарм! Манеры! Харизма! Только за всем этим — вечно гонимый скиталец и беглец. Ниоткуда и никуда! Эпоха — сволочь!

Сима то ли не слышала, то ли не обращала на Санани внимания. Но он почему-то продолжал. Объяснить бы почему — не смог...

— Судьба его еврейская швыряла его, и всегда в пекло. А он терпел. Не сдавался. Даже в плен, в тюрьму, к нацистам в логово готов был. «Шауль, — говорил он мне, — если смерть почует, что ты её боишься, она на твой запах сама примчится. А ты сделай вид, что нет, — обмани её!» В английском есть слово, которое одним другим не перевести — сюрвайвер. Тот, кто в воде не тонет и в огне не горит. Всегда живым остаётся, как его не хлещи...

Внезапно Сима сосредоточила на нём свой немигающий взгляд. Значит, — слышала. У Санани даже зашевелилось что-то в спине.

— Но вы ведь — не сюрвайвер. И не захотите сдать его. Он ведь тогда в ответ вас самого сдаст...

Объяснять не надо было: это она про наркомана, которого он послал искать жучки или камеру. Ему вдруг стало не по себе. Вот так, без наркоза, вскрыть язву со всеми его страхами и сомнениями? Будь она пообтесанней, завернула бы всё в изящную обёртку. В жалость. В сочувствие. В сострадание. Но так как она, наверное, не только честнее — полезнее. Потому что сразу настраивает на борьбу. Встряхнувшись от оцепенения, он продолжил:

— Надежда есть всегда. Только вот не упустить её, хватит терпения не у всякого.

Сима закусила губу. В глазах неожиданно метнулся и исчез какой-то сверхскоростной блик.

— Он ещё здесь?

— Кто? — не понял Санани.

— Да этот ваш… Наркоман…

Санани вздрогнул. Ему показалось, что по телу проскочил разряд высоковольтного тока. Словно к нему, лежащему на операционном столе и уже переставшему дышать, врач поднёс к груди дефибриллятор и стал включать его пока тело не задёргалось, а дыхание не вернулось.

— Здесь! — прошептал он сорванным горлом.

Была ли то осознанная догадка о том, как можно сманипулировать, или отчаянная попытка спастись от настигшей его беды, он не догадается никогда. Но туманный призрак спасения вдруг стал обретать отчётливую форму. Пусть грязноватую, но надёжную…

Симино лицо чуть напряглось. Увидев её глаза, адвокат от неожиданности моргнул. Что-то в них подсказывало, что даже бессмысленность может иногда иметь смысл. Конечно, двойной…

— А если…

Он ведь и сам внезапно подумал об этом. Что если дать Леону возможность уехать?!

Он не сводил с Симы взгляда. И та отвечала ему молча: да!

Что это — ум, инстинкт, шальная догадка? Какое же пламя должно в ней бушевать, если чтобы вернуть мужа, она без каких-либо колебаний готова на такую жестокость?

Ведь она даже не задумывается, что Леон — тоже человек. Хоть и потерявшаяся, но живая душа! Что за этим стоит? Ожесточение? Безразличие? Гипертрофированный эгоизм?

Омри, конечно, уверен, что он умнее: но так ли это самом деле? Да и что такое ум, если он так легко из спасителя способен превратиться в убийцу? Из бога в дьяволы? Из жизненной силы — в крематорий человеческих чувств? Для чего тогда он? И какова его цель? В чём предназначение?

Прежде Санани никогда об этом не задумывался. Он жил, как все вокруг. По раз и навсегда установленной схеме. Не отягощая себя опасными раздумьями. Стараясь не принести никому вред, но и не дать его причинить себе. Афоризм Макса — единственная ценность в мире жизни — лишь сама жизнь — не раз спасал его от возможных ошибок. Но на поверку и он оказался иллюзией. Жизнь не только само по себе существование, но и нечто куда более загадочное и неисповедимое. Парадокс, но сам по себе человек — бессмысленная и беспомощная масса клеток. А всё человечество вцелом может в будущем составить конкуренцию творцу.

Почему вообще люди тянутся друг к другу? Что толкает их к поискам, открытиям и, что ещё более странно, — к жертвам? Любопытство? Гонор? Нега и кайф от достигнутого? Погоня за нимбом обманчивого величия? Провидение? И что является горючим? Расчёт и польза или чувства и эмоции?

Взять, хотя бы, того же Омри. По своим склонностям он принадлежит к тому сорту людей, которые ищут в бабах не диету высоколобого интеллекта, а калейдоскоп наслаждения. Не ум, а сексуальность. Не спутниц жизни, а риск и возможность сорвать банк на кону. Поэтому ему легко и комфортно с дурами: им без проблем легко морочить голову. Но вот тянет его всё же к Симе. Если так, — что же перевешивает? Разум или подкорка? Параллельные прямые не могут не пересечься где-то в пространстве. Расчёт, то-есть тот жизненный инстинкт, обойдёт любую блажь. У Омри — ненадёжные тормоза. Он акселератор, и Сима для него — воздушная подушка, которая спасёт его в нужный момент.

Инстинкт выживания так и не вычеркнул из человеческого генома рискованный ген наслаждения. Каким бы волчьим ни был аппетит, он всегда натолкнётся на высокий забор осмысления и осторожности. На страх потерять статус. Омри бы ни за что на свете не решился бы с Симой на то, на что безо всяких угрызений совести пошёл с этой американской цацей Шимон Толедано. В глазах всех, кто его знал и с кем он сталкивался, он должен, обязан оставаться недостижимым по своему уровню и мачоистости альфа-самцом...

Как и сам Шауль Санани, Кармон родился в Израиле. А там, хотя пылесос времени и работает сверхурочно, Восток ещё далеко не выдохся. Его корни настолько вросли в почву, так там закаменели, что их не вырвать — только взорвать, и то результат неизвестен. Был же в Турции гениальный реформатор Ататюрк, но реформы его прошли только поверху...

Сила и стойкость Востока в том, что никакая реальность не сравнится с грёзой воображения. Призрак тайны и центрифуга непостижимости хватает и прокручивает в себе не только романтиков, но и суровых реалистов. Как бы ни рвалось вперёд знание, какие бы бастионы тайн ни сдавались интеллекту, суть мироздания остаётся непознаваемой и вечной. Цель Запада: сегодня и сейчас! Урок Востока: завтра лишь улучшенное повторение вчера.

Санани напрягся:

— А если ему уехать? Дать денег! Спасти от ареста! Пусть устроится где-нибудь. Начнёт жизнь заново.

Словно повторяя его тайные мысли и сомнения, взглянула на него Сима. Санани поспешно отвёл взгляд. Это так банально — стряхнуть вину с себя и перебросить, свалить на другого. Сима едва не взвыла от обиды. Санани же казался таким сочувствующим, столько было в нём сострадания! Сжав с силой зубы, так что они даже вызвали ощущение боли, Сима в ярости нанесла удар ниже пояса:

— Шауль, но ведь он проник в квартиру Нормы не по своей воле. Это ведь вы его послали...

Санани показалось, его стукнули в пах. Но Сима тут же протянула ему, согнувшемуся от боли, руку и помогла подняться.

— Может, у вас есть другой выход? Ведь если его арестуют, он расколется. И Гриф сделает всё, чтобы стереть вас в порошок.

Баррикады, которые строил в себе, в своё оправдание Санани, разлетелись под залпами реальной опасности. Конечно, то, к чему она его призывает, низость, но она вовсе не беспричинна. Леон сам подсел на иглу и разорил своим хакерством не одну семью. А уж одно то, что он оставил наркоту в ящике девки, которая ни сном, ни рылом в этом не виновата, — не преступление? Справедливость-то вообще не есть нечто универсальное. Она зависит от точки зрения. Вернее, от интересов...

— Заплатите ему! Соберите денег и отдайте! Толедано не откажется в этом участвовать.

Санани вдруг с иронией подумал, что почувствовал оскорблённым, хотя по сути она права. Парадокс, но обида перечёркивает твою собственную вину! Ты начинаешь воспринимать себя как жертву. И даже ощущаешь нравственное превосходство.

— Хорошо, — сказал он Максу, присутствие которого за своей спиной он ощущал. — Я с ним поговорю. Но как это поможет вам заполучить Омри назад?

Жестокость, с которой они оба бередили свои раны, была просто необходимой. Иначе бы они ничего не достигли.

Будь у него такая, как Сима, жена, он бы повесился. Это — как жить в камере, где всё время горит свет, а за тобой беспрестанно и пристально наблюдают. И если справляешь нужду, не только видят, но и слышат каждое твоё движение. Надо быть Омри Кармоном, чтобы кошмар превратить в насмешку. Заставить того, кто в этом виноват, стыдиться самого себя. Как это ни невыносимо для него, для них обоих, к двум сиамским близнецам прибился третий — Сима Кармон. При всём их желании поскорей разбежаться друг с другом и больше не встречаться, они вынуждены жить и дышать вместе.

Сима ответила на его вопрос мучительным признанием:

— Я ещё не знаю...

11

Санани не раз и не два звонил Леону на мобильник, но тот не отвечал. Видимо, знал, кто с ним хочет связаться. Тогда Санани попросил сделать это секретаршу. Та его сразу же вызвонила и тут же передала трубку шефу.

— Ты на крючке у полиции, Леон! — были первые слова адвоката. — Или мы встретимся, или пеняй на себя. У меня час времени. Если согласишься, скажи только одно слово: да!

— Да! — послышалось в трубке...

Ехать пришлось в Холон, городок, где много выходцев из бывшего СССР, а теперь — из России. Невзрачный ещё семидесятых годов прошлого века дом, где жил родственничек, выглядел угрюмо и неухожено. Облупленные стены, щербатая челюсть входа, неказистое бельё на верёвках на приставных балкончиках без пола. Как только кто-то из жильцов начинал более или менее обустраиваться, он предпочитал бежать отсюда, словно чувствуя исходящее отовсюду проклятие.

Родственничек открыл ему дверь и нехотя отступил внутрь комнаты. Квартира видно не знала щётки и веника со дня заселения. В середине комнаты на облупленном столе сиротливо щурился старый компьютер. Рядом валялись носки, шапка с козырьком и надписью «Нью-Йорк» и тарелки с засохшими остатками еды. На краю — газета «Вести» на русском языке, вдавленные бычки от сигарет в блюдце с пятнами никотина и отсвечивающая слизью початая бутылка кока колы. К стене какими-то кнопочками пришпилены фотографии: прилизанный мальчик с хорошеньким личиком получает из чьих-то рук грамоту и значок. Тот же мальчик, чуть постарше, за компьютером, и надпись под ней: «Лёнечке шестнадцать, а он уже в университете». Молодой парень с томным взглядом на пляже рядом с приклеившейся к нему вплотную девицей в тёмных очках...

— В общем, ты понимаешь, что натворил?

Желтоватое со взбухшими подглазниками лицо молодого человека безучастно смотрело на адвоката потухшими зрачками. Судя по всему, глаза были когда-то голубыми. Казалось, он не слышит или не соображает, что с ним говорят.

— Короче, отец красавицы, у которой ты оставил заначку, — денежный мешок. И к тому же со связями. Знаешь, как его прозвали? Гриф! Стервятник! Жрёт падаль. Тебе это что-то говорит?

Но на лице парня не дрогнул ни один самый маленький мускул. Как будто его натянули.

— Читать мораль я не собираюсь, — махнул рукой адвокат. — Всё равно не поможет! Сядешь! У тебя ведь, наверное, кое-какой опыт в этом плане уже есть...

Малый моргнул. Санани чувствовал себя худо. Понимал, что виноват прежде всего сам. Страдал. Изводил себя. Унижал. Это же надо было — впутать капризного и безвольного переростка в такое дерьмо. Санани мучила совесть. Он старался забыть о ней, оттолкнуть как можно подальше, но она его не отпускала. Не должен был! Не имел права! Она вырывалась из ослабевших лап жизненных принципов.

Кривя губами, почти из последних сил, превозмогая отвращение к самому себе, выдавил:

— Просто хочу спасти тебя. Слышишь, спасти!

Ему было так мерзко, что он еле сдерживал приступы тошноты. Ведь он сам не верил ни единому своему слову. Из глубокого и вонючего погреба стыда и позора вылезают против его воли на свет мерзкие и ослизлые тараканы.

Лицо Леона внезапно перекосилось:

— Спасти? Меня?

Он аж оскалился. На виске как бешенный забился желвачок.

— А где вы все были до этого? Ты, Нелли, мои родители?! Каждый пытался сплавить: кому нужен наркоман?

Санани ощутил внезапно внутри себя освобождающий порыв надежды. Тараканы были не его — вот этого избалованного засранца. Бывает же, что судьба уже с рождения отмечает любимца своей коронной печатью. Даёт ему от своих щедрот: смазливость, талант, восторг окружающих. Почему? За что? За какие заслуги? Почему она ничего не дала ему, Шаулю Санани? Омри Кармону — да, а ему — нет?! Этому засранцу — да, а Симе фиг с маслом?! Одному — улыбка, а другому гнусная рожа? Один — белый, другой — чёрный? Справедливо? Ему, правда, Шаулю, хоть в чём-то повезло: с тем же Максом, понятно! А смотрите, как бьётся и извивается та же Сима, жена Омри! Она ведь выстелиться готова, только чтобы остаться наверху...

Санани напрягся и, чтобы сдержать накопившуюся злость, встал в позу, которую давно уже выработал для судебного заседания. Сейчас, правда, он пробует новую роль: не адвоката — прокурора. Пусть суд решит, готов ли он принять и чью версию? Его? Подсудимого?

— Ты о нас? О своих несчастных родителях? О двоюродной сестре твоей матери Нелли? Обо всех, кто тебя окружает? А почему ты о себе забыл? Они, я, она — все виновны, а ты нет? Ты несчастен, а вокруг тебя все бездушные сволочи?

Санани показалось, глаза у парня заюлили, ища дыру, в какой можно было бы спрятаться. Нос обострился, сквозь спёкшиеся губы послышался сдавленный вздох. Он говорил, а слова его липли одно к другому безо всякой связи и логики.

— Они все от меня что-то хотели... Сделали из меня гаджет. Хвастались, пускали пузыри! Вот какой он у нас. Это их, и такого ни у кого нет! Благодаря мне стали селебрити...

Но Санани уже вошёл в роль.

— То-есть, ты, выходит, — ни при чём? Только кукла? Тобой поиграли и вышвырнули? Но ты не кукла! Ты — самовлюблённый и капризный говнюк! Нарцисс! Выше всех вокруг, правда? Больно только тебе! Есть только ты! Все остальные ничто и никто...

Парень буквально сжался на глазах. Стал ниже ростом. Поблёк. Выпотрошился.

— Не ты — они все вокруг виновны в том, что ты курнул дурь. А потом — ещё и ещё! И всякий раз всё покрепче и покрепче! И кто виноват? Родители? Родственники? Все, кто тебя по-настоящему не оценил! А ценить было нечего, Леон! Не-че-го!

Парень посерел.

— Ты всё сам просрал! Продул! Променял на шмат травки! На таблетку! Лишь бы тебе было сладко! Лишь бы тебя на руках носили!

Сейчас этот плаксивый нарцисс был похож на ободранного и ощипанного петушка. Где его шикарные перья? Пижонский гребешок? Почему вместо гордого и крикливого кудахтанья из горла вырывается лишь шипящее подобие прежнего великолепия?

— Какого хрена ты сунул свою заначку в ящик этой американской дуре.

Парень сморщился как от удара и прикрыл глаза. Испуг? Нет, отвращение! К самому себе!

И всё же это никакое это не было прозрение! Не экзорсис, не избавление от амока! Злость, что его, этого высокомерного щенка, ткнули носом в его собственное ничтожество! Что он — ноль без палочки. Кусок засохшего дерьма. В глубине души Санани понимал, что для него самого лично всё это лишь тактика. Ему надо было сломать этого заносчивого говнюка, заставить его подчиниться.

— Думаешь, я не знаю? Надеешься, тебе удастся уйти от самого себя? А хочешь, я скажу тебе, почему ты так дерьмово отомстил «всем», а прежде всего — мне? Потому что ждал, что найдёшь фотокамеру, и за одной заначкой, которую ты купил на аванс, что я дал тебе, последует ещё такая же, а может, больше!

Сейчас этот несчастный был похож на чучело, из которого выпотрошили наполнявшую его солому.

— И вдруг — крах, провал, разочарование! И в твоей блажной башке вместо нормальной реакции вскипело, а вылилось наружу всё говно, которого накопилось до отвала...

— И что теперь мне делать? — сглотнул парень судорожно слюну.

Санани глубоко вздохнул и выпустил из груди весь собравшийся в ней воздух.

— Бежать!

— Куда?

— Да хоть на Луну!

— Помоги мне! В последний раз!...

Санани вздрогнул. Ему показалось, что он слышит голос Макса.

«Думай, Шауль, думай!» Как и в детстве, Макс говорил по-немецки.

Санани напрягся, закрыл глаза, и в них поплыли, наслаиваясь один на другой, разноцветные круги. В голове что-то тронулось с места и не оставляло его до тех пор, покуда не стало обретать более реальные контуры.

— Ты говорил, — тебя полиция сцапала? Пальчики снимали?

У парня в глазах забрезжил ужас.

— Ты хоть в перчатках был? Как я говорил?

На парня он старался не смотреть.

— Она у меня на правой руке порвалась, — промямлил тот.

— Ты не гений, Леон! Ты просто идиот! Представляешь, сколько ты там следов оставил? Да тебя в любую минуту схватить могут!

Парень застонал. В голос. Как ребёнок. Санани вздрогнул. Так стонать не может ни одно раненое животное. Только человек. Это — агония страха.

Ему было жаль этого парня. Он даже скривился от сочувствия, как от боли. Но человек остаётся человеком лишь до тех пор, пока он в состоянии себя остановить. Порой, увы, это уже невозможно: поздно! Разбег взят, рядом — пропасть. У Леона на лбу написано: мне не жить! Он устал, этот чёртов интеллигентский лузер! Чует, — ему уже не спастись. Стыдится, хочет бежать, но сил уже нет. Все истрачены на погоню за такой потаскухой как грёза. Как же он, наверное, ненавидит себя, этот выблядок насмешливой твари — фортуны! Как плачет, раскаиваясь и жмуря глаза от ужаса, перед последним, смертельным прыжком рока! Ведь чем интеллигентнее жертва, тем мучительней она чувствует, как метастазы прозрения проникают из подсознания в сознание.

В голове Санани поселилась спасительная мысль: ведь если его и вправду сплавить, можно всё свалить на него. Из-за такой чепухи Интерпол розыск объявлять не станет. Это ведь не убийство, не грабёж, не изнасилование, не шантаж. Всего-на-всего травка, причём в таком количестве. Там только плечами пожмут.

Санани закрыл глаза. У него снова сдавило горло от бессилия.

— Шауль, мне недавно пришлось квартиру сменить. Хозяину что-то понадобилось, и он своим ключом дверь открыл. А я ширялся.

— Лузер!

— Быть лузером не порок, а свидетельство, что у человека ещё осталась совесть,— уже куда веселее отшутился парень.

— Приди в себя! — с силой затряс он парня.— Собирайся! Сейчас! Дорога каждая минута!

— Зачем? Куда? У меня даже денег никаких нет!

— Смоешься отсюда...

— С чужими советами, как с чужими туфлями. Жмут и мешают ходить,— всё ещё пытался прикрыться иронией родственничек.

— Заткнись, остряк дерьмовый!

— У меня даже денег ни копейки нет. Не понимаешь?

— Не твоя беда, достанем! — толкнул его Санани.— Чтобы мигом, слышишь? Мигом!

Сквозь маску ужаса на лице Леона вдруг проступил проблеск надежды. В глазах мелькнули искорки интереса. Он явно повеселел.

— А сколько?

— Не знаю! Сколько сумею организовать...

— Зелёных?

— Синих! — выдавил Санани. А что он ещё мог сделать?

— Всё продумал, правда?

Угрюмый юморок парня ещё больше взбесил его. Санани разозлился и ощерился. Из-за гнева на самого себя у него сдавило горло.

Парень стал собираться.

— Опять в Россию?

План окончательно созрел. Спасибо, Макс! И Санани махнул рукой.

— А куда ещё? Ведь визы ни в какую другую страну у тебя нет, а гражданство твое так и осталось.

— Что, прямо сейчас?

— Нет, — замотал головой Санани. — Сначала ты возьмёшь свой мобильник в руки и запишешь на видео своё признание. Я такой-то и такой-то, взломал тогда-то и тогда-то дверь в квартиру Нормы Блехман, которая отказалась стать моей любовницей. В отместку я оставил в её тумбочке сто граммов марихуаны и шприц...

Парень заколебался. Надо было что-то предпринять. И Санани сделал вид, что у него лопнуло терпение.

— Или ты делаешь то, что я тебе сказал, и мы сразу же мчимся в аэропорт, или поступай как знаешь...

Санани был накануне срыва. Из-за гнева на самого себя у него сдавило горло. Надо было видеть лицо этого несчастного. Он швырнул Леону со стола мобильник и скомандовал:

— Начинай, — времени нет! Повторяй!

— Я, Леонид, — забубнил тот сорванным голосом, — признаюсь в том, что...

Взяв у малого из рук мобильник, Санани сунул его в карман. И глядя, как тот напяливает грязную, в пятнах, рубаху, тряхнул его:

— Особо не старайся! В таком виде ты сразу вызовешь подозрение. В аэропорту контроль ещё тот... По дороге всё купим...

— Какое милосердие!

Это слово парень произнёс по-русски. Санани понял, но заставил себя не реагировать.

— К билету получишь ещё пару сот баксов. Остальное твоим родным переведу...

— Тыщёнку! — состроил умильную физиономию Леон.

Санани было муторно. Он снова почувствовал приступ тошноты, сбагривая этого переростка на тот свет. Знал, был уверен: сколько бы он ни выбил для него денег, тот очень скоро сгинет от передозировки.

По дороге он купил родственничку нормальную тениску, брюки и здоровенные тёмные очки. Помог с билетом. Повезло: рейс на Москву отправлялся через два часа. Боялся, что парня вдруг задержат. Не задержали...

Он дождался, покуда тот не получит в руки посадочный талон на самолёт. Когда Леон оказался в зоне отлёта, Санани нажал на мобильнике на кнопку «отправлено». По дороге домой он раскурочит этот мобильник на части и выбросит их в разных местах города.

— Какая же я сволочь! — пробормотал он в ярости.

Он ненавидел себя. Насколько легче таким людям, как Кармон! Недаром он часто повторял, что сочный грех куда слаще тощей и костистой добродетели. Неужели прав Макс, считавший, что компромисс с самим собой — единственное противоядие против самоубийства? Если так действительно, то настоящая норма смысла, и вправду, это двусмысленность. Какая же зловонная клоака — человеческая душа!

<h2 style="text-align:center">12</h2>

Хотя всё прошло как по маслу, Санани ощущал себя так, словно ему устроили побывку в преддверии ада, а потом отпустили. Нелли он так и не посмел рассказать о том, что его мучило. Она была единственным светлым пятном в его жизни. Любила его таким, какой он есть, а это — самое неслыханное счастье в судьбе человека.

Ночью он ворочался, не мог заснуть. Вставал, пил сок, ходил пописать, вновь ложился. Стараясь не разбудить жену, не зажигал света. И заснул только под утро. Сон, который ему приснился, был странным, пугающим, но вместе с тем каким-то освобождающим...

Он увидел во сне Бога. Старый еврей с седой, не очень опрятной бородой и бесконечно добрыми, печальными от сострадания глазами. Взгляд его был кроток и всепрощающ, а сам он пах чем-то сладким и усыпляющим.

— Шауль, Шауль! — сказал Бог, — чего же ты ждёшь от меня?

— Господь! — задохнулся от ужаса Шауль, — Как ты узнал обо мне?

— Мне сказал Макс Шрайбер, — чуть улыбаясь сквозь обволакивающий нимб своей лучезарности, ответил Бог. — Просил, чтобы я перед тобой явился...

— Ты его знаешь?

— Я знаю всех, и все знают обо мне. Даже если не верят. И я им прощаю!

От этого голоса Шауль почувствовал, как у него перехватило дыхание: ещё секунда, и воздух выскочит из него, оставив его без себя.

— Что же тебя мучит, сын мой?

— Я грешен, Всемилостивый! Сам напросился на гибель...

Глаза Бога заволокло грустью, от которой Шауль в смущении и тоске опустил взгляд. Если бы не это, его бы сожгло от исходившего из них милосердия.

— Все мы грешны, — грустно вздохнул Бог, и небеса, словно плача, откликнулись сильным ливнем. — я — тоже! Ведь никто другой — я создал Дьявола! Думал, это поможет людям постичь бесконечность добра. Сам бы собой он никогда не появился. А этот сукин кот вместо этого искусил Еву. Та сорвала яблоко с древа мудрости, и началось. С тех пор я и мучаюсь и радуюсь вместе с людьми. Плачу, а иногда даже испытываю гордость.

Шауля обволокло его глубокое, сочувствующее дыхание, и в порыве отчаянья он взмолился:

— Что же мне делать, Господи?!

Но видение уже угасало. Растворялось в небытии. Слышался только голос:

— Ты ведь не мог не понимать, на что ты идёшь? Это был твой осознанный выбор, не так ли? Решение принимаешь ты! — донеслось до Шауля уже откуда-то сверху. — И ты сам должен ему следовать...

Шауль в растерянности вглядывался в сгущающуюся тьму.

— Ничем помочь не могу! То, что сделано — сделано, разбито — разбито, утеряно — утеряно! Прошлое невозвратимо, будущее непредсказуемо.

Бог уже не казался старым евреем с седой, не очень опрятной бородой. Вместо него возникло туманное облако.

— Если я стану менять свои решения — какой же я Бог? Могу только советовать, а вмешиваться — ни в коем случае!

На какую-то долю секунды Шаулю показалось, что где-то рядом возник и высветился Макс. Сейчас он напомнил ему голливудскую звезду сороковых годов прошлого века, но исчезая, он беспомощно развёл руками в разные стороны:

— Ты затронул извечную проблему сущего, Шауль! В каждом человеке, если он рождается и живёт, ненавидят и борются между собой Бог и Дьявол. Один без другого они, увы, существовать не могут.

— И кто же побеждает, Макс? — в отчаянье крикнул Шауль, которого вопрос мучил как пытка:

— Иногда тот, иногда другой. Но в основном это извечная ничья...

Когда Шауль открыл глаза, утро на цыпочках уже подобралось к ночи утро. Он проснулся выжатый как лимон. Ему казалось, сон вывернул его наизнанку. Если бы не Макс, он бы никогда не стал атеистом. Это ведь он говорил, что Бог — созидатель и разрушитель в едином лице. Он экспериментирует и от его экспериментов человечество, хоть оно и постигает мироздание, рушит всё вокруг себя, оставляя живое в лапах смерти. Не будь терзающих его сомнений, человек бы никогда не обратился к религии. Вера — это ответ на то, что он не может ни понять, ни объяснить. Вот скажите: кому это мы, люди, собственно, нужны? Зачем вообще — жизнь? В чём её смысл? И не является ли смерть отражением страха творца перед возможностями его собственного творения? Неужели и вправду, он побаивается конкуренции? Ведь если бы не смерть, человечество, в конце концов, могло бы достичь величия самого создателя! Разве, когда умирает одно поколение, за ним не приходит другое, ещё более развитое и продвинутое? А чем необъятнее мощь, тем больше риск, что инстинкты отключат разум. Этика запрещает врачам отключать аппарат жизнеобеспечения, а они из сострадания или во имя науки это делают — что это, спасение от мук или убийство?

Чтобы прийти в себя, Шауль начал делать упражнения для йоги. Но это не помогло. Позавтракав, — жена ушла на работу, когда он ещё спал, — он поехал в Яффо, в свой офис. По дороге зазвонил телефон и в трубке раздался голос Симы:

— Улетел?

— Был в Москве уже ночью. Позвоните Толедано сами, или сделать это мне?

Сима ответила не сразу. Санани это не понравилось.

— Я своё дело сделал. Теперь — ваша очередь...

Он даже слишком сильно притормозил на светофоре. Что она вообще о себе думает?

— Вы не дело сделали, вы исправили свою собственную ошибку...

Машина пересекла разделительную линию. Водитель слева резко посигналил. Санани вырулил вправо и махнул, извиняясь, рукой: прости, приятель!

— Вы что, считаете, что обошлись без ошибок? Что вы ни в чём — ни в чём не виноваты?

Сима поняла, какую глупость сказала, и сразу пошла на попятную:

— Шауль, вы правы! Нам не стоит спорить, кто виноват больше. Просто вам легче поговорить с Омри, а не — с Толедано. У нас ведь одна цель...

У Шауля всё внутри бурлило, но он не мог не понимать, что она права.

— Чёрт с вами...

И он вдруг услышал, как она с облегчением вздохнула.

— Зато если раньше вы были в его руках, то теперь он — в ваших. Вы даже больший мачо, чем он. Омри внешне, а вы, Шауль, — по духу. Вы сдержанней, а значит, сильнее.

Его это рассмешило: женщина остаётся женщиной.

— Вы меня этим не купите...

— А я и не собиралась. Просто напоминаю вам, что вы — совсем не тот, кем кажетесь.

Как не отталкивал Шауль от себя эту мысль, что — то в её словах напомнило ему, о чём он сам не раз думал. Сила, напор, решительность — всё это лишь грозный внешний фасад. Производит впечатление, пугает, останавливает, но ещё вовсе не говорит о том, что фундамент также твёрд и незыблем. При всём своём мачоизме — отваге, дерзости и напористости — Кармон не в состоянии совладать со своими инстинктами. Слаб на передок. Не он правит им, а передок — Кармоном. И то, что ему понадобилось эта американская дура Норма, лишь ещё одно подтверждение его глубоко скрытой в подсознании беззащитности. Макс когда-то ему сказал, и он хорошо запомнил:

— Шауль, у силы — два измерения: мощь и время. Солдат бросается в атаку и совершает подвиг: это порыв, но он вскоре проходит. А теперь сравни его с узником, который за свою идею сел на четверть века за решётку. Кто из них сильнее?

Санани понимал, какая тяжёлая и неблагодарная миссия ему предстоит. И на душе у него скребли кошки. Он вовсе не был уверен, что ему всё удастся. У Кармона — поразительное чутьё. Он настраивается на собеседника и ловит его биоволны. Как радиослушатель перед транзистором. Если так, то он не может не чувствовать настроений Симы. Скорей всего, он просто не берёт их в расчёт. Подтрунивает и посмеивается над ними, как умеет. И, как это ни парадоксально, именно таким манером завлекает её в капкан своего обаяния.

Ему страшно этого не хотелось, но он, всё же, позвонил Кармону.

— Омри, это Шауль! Ты не прочь, если пересечемся?

— Когда и где? — мгновенно отреагировал Кармон.

— Да хоть сейчас. Где тебе ближе...

Уже по паре секунд молчания, Шауль понял: Кармона явно что-то напрягло. Ну инстинкт же у него! Лет тридцать тысяч назад такой же, наверное, у первобытных людей. Ведь от него зависело останутся они жить или нет...

— Приезжай в порт! Там и позавтракаем...

Санани развернулся и поехал на север. В сторону электростанции Рутенберга. А ведь тот был ещё тем конкистадором! Родился в России ещё при царе и весь свой недюжинный талантинженера и авантюриста отдал революции. Не только сам участвовал в погонях, побегах и терактах, но и прикончил самолично предателя со странным именем Азеф, как и сам он — еврея...

Пилить надо было по улице Яркон острыми изгибами тянущихся там отелей, напоминающей математический график. Мимо посольских особняков с экзотическими флагами на фронтонах. Иногда между зданиями мелькало штилевое море. Тель-Авив — удивительный город. Он захватывает своей неистощимой энергией. Гипнотизирует аурой. С усмешкой дерзкого игрока посматривает на озабоченных обитателей. И что удивительно — всегда и повсюду куда-то спешащие, чем-то, якобы, занятые его жители при первой же возможности срывают с себя маску отчуждённой сдержанности. И тогда это не город, а цирк. Не каменно-бетонный росчерк цивилизации, а живое и любопытное существо.

Въехав на стоянку, он снова позвонил Кармону.

— Что у тебя за машина? «Мерседес»? У меня корейский «Хендай».

— Серый? — спросил Кармон. — Стоп! Я тебя вижу! Вылезай и сверни налево. Туда, где магазины.

Кармон приехал на несколько минут раньше. По-видимому, смекнул, что разговор предстоит нелёгкий.

Они уселись снаружи. Народу было мало: будний день. Лёгкий бриз шевелил бумажные скатерочки на столах — кафе было не из модных. По зеркальной глади моря цветными бабочками застыли далёкие парусные лодки. В небе растерянно завис взвившийся воздушный змей.

Кармон снял дорогие тёмные очки и доброжелательно улыбнулся. Прищурено-насмешливый взгляд его скользнул по адвокату, словно сканируя его мысли. Время, конечно, потрепало и его тоже — вырос второй подбородок, густые волосы пробила седина, — но всё равно в нём чувствовался не просто боец — победитель. Мачо! Красавчик! Властелин жизни!

Он чуть прикусил нижнюю губу и окунул адвоката в омут своей харизмы:

— Отлично выглядишь, дружище! Ходишь в спортзал?

— Редко, — сознался Санани.

Официант принёс по бокалу холодного пива и несколько маленьких тарелочек с закуской.

— Ладно, к делу! Что тебя беспокоит? — спросил Кармон, нежа в руках запотевший бокал.

Санани с досадой подумал, что даже здесь тот взял инициативу в свои руки.

— Арестована Норма, дочка Грифа!?

— И что?

— А то, что он вошёл в игру...

Улыбка Кармона стала чуть жёстче. Глаза внимательно прощупывали адвоката. От него вряд ли что скроешь...

— Она в предзаке... Полиция нашла у неё травку...

— А этого я не ожидал: иначе бы в такое дерьмо не влез...

На лице Кармона не дрогнул ни один мускул. Кинув на него быстрый взгляд, Санани продолжил:

— У неё уже взяли кровь. Там даже намёка нет на наркоту...

Кармон сдвинул брови. Он не любил, когда его ловят на свинячествах. Тем более, что не он сам их совершил. По его инициативе, это правда, но не он же лично. Издалека. А потому быстро поставил зарвавшегося на место:

— Уж не твой ли кретин-технарь её там подзабыл?

Его хладнокровию можно было позавидовать. Санани передёрнуло. Кармон в своё время серьёзно занимался боксом и знает, куда бить. Ему даже показалось, что слово «кретин» предназначалось ему, Шаулю. Но сдаваться он не собирался.

— Сыскари нашли там, в ящиках, не только травку, но и использованный шприц тоже, — прибавил он.

Кармон слегка поиграл пальцами по бумажной скатерти стола как по клавиатуре, и элегантно отскочил в сторону:

— А ты такую возможность не рассматривал, когда его посылал?

Он? Ему, конечно, причастность Кармона не доказать. Но такой его неблагодарности Санани не ожидал. Понимал, конечно, что с Кармоном ему не сравниться: тот профессионал, а он — любитель. Но не принять вызова не мог. А потому, стараясь говорить как можно равнодушней, бросил:

— Если бы не ты, я бы в такое дерьмо никогда влезать не стал. Не мой профиль, да и почерк тоже. Шпану никогда и ни о чём не просил и просить не стану. Они — мои клиенты, а не приятели. И за это, как ни странно, меня даже уважают.

Кармон хмыкнул:

— Ладно, не обижайся. К другому я бы не обратился. Ты же меня знаешь...

Но Санани не на шутку обозлился.

— Попросил родственничка своей жены... Такой скурвившийся гений. Раб успеха... А что было делать? Не самому же в квартиру лезть? Сказал ему: найдёшь, получишь ещё столько же. А он и...

Кармон откинулся на спинку стула и смущённо развёл руками в разные стороны. Жест то ли примирения, то ли лёгкого осознания своей не очень большой вины.

— Да, сколько ни думай и ни предполагай, всего никогда не учтёшь!

Санани был не в себе, но показывать это Кармону не хотел. Он ведь сделал всё возможное: пошёл на риск, и ещё какой! А цена? И он сквозь зубы бросил:

— У подлости свои законы. Ты её кому-то, а она к тебе бумерангом…

Кармон взял его за руку:

— С чего ты это? Думаешь, я тебя в чём-то обвиняю?..

Но Санани его не слышал. Он пытался заново прокрутить в памяти всё, что было связано с Нормой. Ответить самому себе на мучающий его вопрос: должен ли он был, спасая кого-то, пусть это даже самый близкий друг, подставлять другого? Не то, чтобы он, Шауль, был ханжой-моралистом, просто есть вещи, которые потом не дают о себе забыть и мучают. Он ведь не мог не понимать, чем всё это кончится для Леона. Просто удобно отталкивал мысль об этом поглубже в подсознание. А теперь фактически, говорил с самим собой. Наверное, поэтому его слова провисли в воздухе, как шум скрипнувшей двери.

— Леон не нашёл камеры… Вот и отомстил… Деньги он, наверное, от кого-то получил…

Потыкав вилкой в тарелке с салатом, Кармон бросил:

— Это же надо было, такая невезуха?! Так всегда с наркошами…

Санани, пожалуй, даже не чувствовал, а подозревал, что тот, как боксёр на ринге, сознательно бьёт в одно и то же место. Но не мог сказать этого вслух: никаких не только доказательств, даже самых невинных улик у него не было. И это было больней всего прежде всего перед самим собой.

— А кого ещё можно было бы послать? — сморщился он и оскалил рот.

Кармон озадаченно покачал головой. Он вдруг понял, что попал в ловушку. И хотя где-то внутри не мог не обвинять Санани, что так глупо рискнул, чтобы не потерять друга, оправдался:

— Что делать: иногда приходится идти на риск.

Санани покачал головой. Он не верил в искренность слов Кармона, но показывать этого не хотел.

— У него теперь сыскари на хвосте? — спросил Кармон, якобы, буднично.

Санани лихорадочно думал лишь о том, что теперь надо предпринять. Но ничего путного почему-то в голову не приходило. Он подёрнул плечами:

— Он уже ночью был в Москве...

На лице Кармона взорвалась ослепительная улыбка. Он с силой даже прихлопнул ладонями в знак восторга:

— Молодец, Шауль! Гений!

Санани прореагировал на его восторг более чем холодно. Можно знать человека десятки лет, и вдруг открыть то, чего не замечал.

— Ладно, проехали...

Первичный порыв радости в нём сразу же погас. Кармон внезапно понял, что в глазах Санани похож на шулера, которого поймали со спрятанным в рукаве козырем.

— За ним пришли бы не сегодня-завтра. У них — его пальчики. Сцапали, когда покупал наркоту, и на всякий случай, зарегистрировали. Как бы мы все тогда выкрутились?

Кармон явно приготовился к разговору. От вопроса к ответу шёл, как минёр с миноискателем по минному полю. Но Санани припас ему ещё пару сюрпризов.

— На меня бы, конечно, вышли на первого, — в его голосе, как это ни странно, прозвучала даже нотка снисходительности, — но есть кое-что, что касается и тебя тоже...

Ему показалось, что броню самообладания Кармона он не пробил. Тот лишь поиграл глазами, изображая испуг, хотя на самом деле целью его было показать, что ничего не боится:

— Ты о чём это?

— Сима и Толедано были у меня в офисе. Позавчера...

Кармон постучал вилкой по столу. Ритм был спокойный, но серьёзный.

— Это от них ты узнал про арест?

Санани не ответил. Кармон поднял на него пронзительный взгляд:

— Что думаешь делать?

— Не я, — поднял указательный палец Санани и слегка покачал им.

— Мы! — как ещё недавно это прозвучало в разговоре с Симой. Правда, тогда это сказала она.

Кармон картинно усмехнулся:

— Ты прав: «мы»! У успеха свои капризы...

Кармон был и останется Кармоном. Конечно, в нём не может не чувствоваться театральность, подумал Шауль. Впрочем, — как и у Макса. Вот интересно: оба они — профессиональные игроки. И даже, потерпев поражение, всё равно остаются самими собой. Удар судьбы игрок воспринимает не как возмездие, а как неожиданный выпад соперника. Но роли, которые они выбирают в спектакле на зрителя, разные. У одного театральность внешняя, как у Кармона. У другого, у Макса — внутри, вынужденная. Как отскок в сторону при виде приближающегося лезвия. Даже оказавшись в лапах смерти, Макс бы элегантно и церемонно раскланялся: «Мадам, я к вашим услугам!» Он был сюрвайвером из местечка, поднабравшимся аристократических манер. И его театральность никогда не носила демонстративный характер. В ней лишь отразилась навсегда ушедшая в прошлое эпоха. Нелепая и смешная салонная галантность на тризне каннибалов. Кармон же, если бы попал в ту же ситуацию, сорвал бы маску, а обнаружив под ней Смерть, с ухмылкой бы бросил: «Здорово, сука, нашла меня всё-таки, тварь, а?!»

Санани с удивлением подумал, что наконец освободил свою душу от засевших в ней застарелых комплексов. Результат? Кармон, как на американских горках, грохнулся вниз, а Шауль, взметнулся вверх.

— У тебя во врагах не только Гриф, — сказал он безучастно Кармону, — твоя собственная жена!

13

Сима приоткрыла дверцу своего «лексуса», и точёная фигурка светло-шоколадной богини Мики и ловко нырнула внутрь. Как, всё же, она была по-женски очаровательна! И ещё этот исходящий от неё тонкий, пьянящий запах!

— Как Норма? — сразу выпалила она.

— Адвокат сказал, её скоро выпустят...

— Слава богу, ведь мы ни в чём не виноваты, — обрадованно затараторила Мики.

Сима бросила на неё долгий, пронизывающий взгляд.

— Ты ведь была знакома с Омри ещё до того, как вы занялись с ним садо-мазо?

Мики не знала, как среагировать. И тогда, чисто по-женски, решила отыграться комплиментом.

— Он говорил, что с вами не сравнится ни одна баба! Что с вами — как на дыбе! Вы палач, и вы — освободитель...

Сима инстинктивно стиснула зубы. Её перекосило от злости и ревности. Омри ведь, и правда, ухмыляясь, не раз повторял это. У него такая манера признания в любви. Но какая же он, всё-таки скотина! Стриптиз перед дешёвкой? Как же мало она, Сима, его знала! Ладно, теперь, когда он в её руках, она растянет его на дыбе так, что сдохнет или попросит прощения.

Ненасытность Омри чувствовалась всегда и во всём. И, конечно же, в сексе. Там он был транжирой и мотом. Для него секс был не свалившимся в руки запретным плодом, а сердечной мышцей, пульсом, дыханием жизни. Без него ему бы не прожить...

Сима никогда и никому бы в этом не призналась, но именно в постели с ним она открыла, что ад может быть заманчивей рая.

— Рай обязательно наскучит, — твердил ей Омри. — Он стерильно чист, приторно сладок, а душе хочется чего-то острого, пусть даже горького. Да ладно юлить: настоящего, не продезинфицированного! Вот тебя и тянет к греху.

— А ад? — спрашивала она его.

— Ад беспощаден, сжигает до тла, но потрясает всё глубже и глубже. Только боль, которую он приносит, равна наслаждению...

Она всё же сумела взять себя в руки и спросила Мики:

— Что ты думаешь делать?

Та удивлённо раскрыла свои горячие и бездонные глаза лани.

— Дождаться Нормы. Мы уедем...

Сима вытащила из сумки пачку жвачки, выдавила из неё два пакетика и, взяв в рот один, предложила другой Мики:

— Возьми, это успокаивает…

Мики рассеянно сунула жвачку в рот.

— У Нормы здесь отец, ты же знаешь. А он — человек религиозный…

Она представила себе сумрачное лицо Толедано, едва заходила речь об этой эфиопочке. Вздувшиеся желваки на висках, сузившиеся до щёлочек глаза. Такие, как он, люди сделаны из костей, а кости — из металла. Мяса, плоти в них почти нет. Если он в чём-то уверен, его не переубедить. Решил — не остановить! Он недаром ведь сказал Симе, что готов заплатить любую сумму, чтобы Мики уехала куда подальше. Но Сима нутром ощущала, что деньги для этой девочки-женщины лишь средство, а не цель. Было в ней что-то такое неожиданно чистое, бескорыстное и преданное, чего не могла уничтожить даже та мерзость, через которую ей пришлось пройти.

В глазах эфиопочки засквозили испуг и удивление. Нет — обида! Сима даже несколько растерялась. Она обещала Толедано, что постарается убедить её взять деньги и уехать.

— Понимаешь, иногда надо начать жизнь сначала. Как будто её у тебя до сегодняшнего дня и не было.

Взгляд Мики стал болезненно пустым.

— Если смогла это сделать я, сможешь и ты…

— Мы всё равно уедем, — упрямо перебила её Мики.

— А дальше? — Сима вдруг стала противна самой себе. Но ничего не поделаешь, ей не до сантиментов.

— Мы поженимся… В Америке… У Нормы американское гражданство…

— Я знаю! То-есть, ты будешь работать в парикмахерской, а она ждать тебя дома?

— Пойдёт учиться…

— А потом? Ты уверена, что ей не станет с тобой скучно? Или ты тоже пойдёшь учиться?

Мики дёрнулась, как будто прикоснулась к оголённому, бьющему током проводу.

— Она ведь нелёгкий человек, и немало тебя унижала. Ты же ей всегда прощала. Сознайся, Норма ведь куда как сильней тебя. Круче! И чем дальше, тем это будешь ты больней чувствовать.

— Я её люблю. А она — меня!

Сима решила подойти с другого бока.

— Я знаю...

— Ты уверена?

Мики смотрела на неё непонимающим взглядом.

— Ну, в том, что тебе не захочется нормального мужика?

Мики отшатнулась. У Симы вдруг захолонуло сердце, а в груди возникла тревожная и засасывающая пустота.

— Ты ведь трахалась с Омри. Иначе он бы тебе никогда не сказал про дыбу...

Мики зло вытерла слёзы локтем. Но даже в этот момент лицо её поражало своей точёностью и красотой. Какая же, всё-таки ты — дрянь, молча кричало оно Симе. Злая, бездушная, самовлюблённая!

Ни слова не говоря, Мики нажала на замок дверцы левой рукой и, бросив на Симу уничтожающий взгляд, выскочила наружу.

— Эй! — крикнула ей вдогонку Сима, — на всякий случай! Если тебе будет плохо, — позвони! Телефон у тебя есть! Я тебе не враг, ты сама себе враг куда больший! И я всегда тебе помогу!

Но та даже не обернулась...

К вечеру с Симой связался Санани. Голос его не предвещал ничего хорошего.

— Вы все вымазали меня в дерьме, — сказал он мрачно.

— Я сейчас подъеду к офису, — нетерпеливо отозвалась Сима.

Секретарши не было, и Санани сидел в кабинете один. Света он не зажёг. В окно просачивалась наводящая тоску тяжёлая мешковина сумерек. Вид у него был такой, словно его прокрутили через стиральную машину. Лоб бороздили резкие морщины, губы сжались в гримасу отвращения. Сима отвела взгляд. Ей подумалось, что если рвота доходит до горла, то пока она не изойдёт, человек с собой ничего поделать не может.

— Моими клиентами были убийцы и насильники. Бандиты и воры. Я их защищал! Но никогда не чувствовал, что с ними заодно. А вы все превратили меня в соучастника.

Если слабеет внешний зажим, центробежные силы вырываются наружу. Возникшая анархия рушит всё вокруг. Сима не произнесла ни слова. Санани надо было вывернуть всю скопившуюся в нём гадость наружу. Мешать в таком случае нельзя.

В окне сгущались сумерки. Их тяжёлая, как ртуть, серость казалось, молча кричит о надвигающемся амоке.

— Норму, конечно, выпустят. Но ничто уже не будет таким, как было. Ложь победила честь! Хуже — те, кто считают себя порядочными людьми, совершили подделку и будут жить с ней всю оставшуюся жизнь. И я в том числе...

Симе вдруг захотелось курить.

— Хотите сигарету?

Санани вздрогнул как от удара. А что он, собственно, мог ещё ожидать?

— Не курю! Следаки не дураки. Понимают, что вся эта история — грязный розыгрыш.

У людей есть деньги, влияние, вот они себе и позволяют плевать на закон. Сима и не собиралась оставаться в долгу, достала из сумки пачку сигарет, выбила из неё одну и закурила.

— Они для вас рыцари правосудия, что ли, эти следаки? — спросила она.

Санани остановился, чтобы успокоиться, и, глядя на Симу, с трудом выдавил:

— Мне на них плевать! Мне на себя смотреть тошно!

Впервые за всё это время он почувствовал, что способен на то, на что раньше бы никогда не решился.

— Дело закрыто за отсутствием доказательств. Норме дадут выйти на свободу. Но если хоть один из нас — вы, Толедано, Омри или я проговоримся, — Омри окажется в канализации, я сяду в тюрьму, а вы с Толедано выпутаетесь, хотя вы — соучастники.

Он развернул своё кресло и на его лице появилась кривая ухмылка.

— Но я свои обещания выполняю. У меня утром встреча с Омри.

— Я поеду с вами, — вырвалось у Симы.

— Нет! Я должен быть один. С глазу на глаз. Однажды он меня спас. А сейчас мы пока в расчёте...

14

Они ещё раз встретились в том же полупустом ресторанчике в бездействующем порту. Издалека маячила труба старой электростанции. Одна из официанток курила за столиком и что-то разглядывала в своём мобильнике. Другая подошла к ним.

— Текилу и всё, что для неё причитающееся — заказал Санани.

— Утром? — несколько удивлённо спросил Кармон.

— Если не хочешь — не надо! Но я бы советовал...

Кармон насмешливо поджал губы:

— Не могу же я бросить тебя одного, — кивнул он официантке.

По лицу Санани пробежала лёгкая гримаска.

— Эй, эй! — забеспокоился Кармон. — Ты что?! Я просто так! Без намёков...

— Омри, — кинул в него своей взгляд Санани, — когда официантка ушла с заказом, — мы с тобой в говне...

— Я знаю, — положил улыбающееся лицо на ладонь согнутого на столе локтя Кармон. — Но мы и не через такое прошли. Не знаю, как ты меня, но я тебя не брошу. И если понадобится, возьму всю вину на себя. Я не шучу, а ты знаешь, я своих слов на ветер не бросаю.

Санани ожидал всего, — только не этого. Ему показалось, что это галлюцинация. Выхлоп уставшего мозга. Через несколько секунд исчезнет. Но Кармон с прежней улыбкой на лице утвердительно качал головой.

— Я тебя подставил, хотя и не хотел. Это моя вина. Но так иногда случается. И я за это в ответе.

Официантка принесла графинчик с текилой, пару рюмок, разрезанный на дольки лимон и несколько маленьких тарелочек с хумусом, тхиной, печёными баклажанами и маслинами. Взглянув удивлённо на обоих мужчин, она удалилась.

Санани, не произнеся ни слова, налил Омри и себе. Они чокнулись и выпили.

— Еврейские пьяницы,— ухмыльнулся Омри.

Но Санани в ответ не улыбнулся.

— Я слышал, Леон, которого ты послал к этим дурам,— далёкий родственник твоей жены...

Санани сумрачно кивнул:

— Ты что, виделся с ней?

— Нет, она не захотела,— ухмыльнулся Кармон.— Сказала, что лучше, если я поговорю с тобой самим.

— Тогда ты в курсе...

— В общих чертах. Остальное объяснишь ты. Я не люблю никакой бутафории. Давай сразу к делу...

— В полиции понимают, что признание на видео — липа. И что липу эту подготовил и осуществил я, Шауль Санани. Ведь именно я выступаю в качестве адвоката Нормы Блехман. Они и так на меня злы из-за моих клиентов, и, если что-нибудь вынюхают, отыграются во всю силу.

— Там все такие гении?

— Кроме меня, обо всём знаешь ты, Сима и Толедано.

— Меня в расчёт не бери, ладно?

— Хорошо,— всё ещё неуверенно вздохнул Санани.— Сима и Толедано. Но этого достаточно.

— Что же хочет Сима?

— От тебя? Ребёнка. И чтоб ты с ней остался...

Омри обомлел, потом расхохотался:

— Это она тебе сказала?

— Не сказала — призналась...

— В чём?

— В том, что ты перевязал себе в Штатах семенники, и она хочет тебя переубедить пока ты неизменишь это, у тебя детей не будет и не может быть.

Кармон состроил удивлённую гримасу.

— И кто ей сказал?

— Врач!

— Вот скотина продажная! — вырвалось у Кармона вместе с лёгким смешком.

— Ей уже сорок. И из них она отдала тебе лет пятнадцать своей жизни...

Кармон презрительно хмыкнул.

— Ну, не совсем так. Я ведь тоже ей кое-что дал...

— Знаешь, почему женщины так избирательны? Они заботятся о своих отпрысках.

— Это где ты так поднахватался?

— В книгах, которые ты мне таскал в больницу.

Кармон хмыкнул:

— Жизнь, всё-таки, странная штука! В пятьдесят пять вдруг открываешь, что кто-то хочет от тебя ребёнка.

— Не только его — тебя самого в придачу! Она тебя любит, Омри! И даже готова простить...

По лицу Кармона трудно было понять, что он чувствует. Поджав губы, он развёл руки в разные стороны.

— Знаешь, ты мне нравишься, Шауль. Правда! Даже в окружающей грязи сумел не испачкаться. Девственница в борделе...

— Почему ты всегда стараешься выглядеть хуже, чем на самом деле? Я ведь знаю тебя уже больше четверти века. Ты, конечно, слаб на передок, но...

— Ещё бы! — расхохотался Кармон, — ведь оборудование бесплатное, а лучшего развлечения не придумаешь...

Но Санани даже не улыбнулся.

— Помнишь, я тебе рассказывал о Максе Шрайбере?

Кармон озадаченно встряхнул головой: о ком?

— Ну, о моём приёмном отце-не отце...

Кармон, вспоминая, кивнул.

— Ты чем-то его напоминаешь. Вы оба — игроки. Но у него это был инстинкт самосохранения: двадцатый век — эпоха каннибалов! А у тебя? Почему?

— Не знаю, — несколько смешался Кармон, удивлённо разглядывая собеседника. — Никогда об этом не думал.

— О тебе кто-то сказал, что ты альфа-самец. Ты согласен с этим?

Кармон недоуменно пожал плечами:

— Сам я этого о себе никогда и никому не говорил.

— Тебе это не мешало? — спросил Санани, словно он не слышал ответа. Ему показалось, что Кармон опешил, и поспешил объяснить:

— Все мы, люди, обижаемся, страдаем, ищем сочувствия...

— Эй, эй, эй! Куда заехал?! — оборвал его Кармон. Ему вовсе не хотелось, чтобы кто-нибудь лез к нему в душу и копался в ней. Этого ещё не хватало...

Но Санани не отставал:

— Ты что, никогда и ни в чём не раскаивался? Не жалел? Не хотел поступить иначе? Не знаешь, что такое слабость, раскаянье, стыд?

— Это тебя моя жена своей психологией накачала? — попытался обратить всё в шутку Кармон. — Она не у психолога это услышала, да и с тем тоже ни за что не стала бы обсуждать свои проблемы. И вообще, вся эта встреча — не его инициатива. Всему есть предел...

— У каждого свой опыт жизни, — стиснул конец покрывавшей стол клеёнки. — Ты рос в обеспеченной европейской семье. И тебе с детства всё слишком удавалось. Ты и вправду считаешь, что ты пуп земли и тебе всё дозволено?

Отвечать Кармон счёл ниже своего достоинства. Что он вообще себе вообразил, этот его бывший шофёр?

— Скажи, — донеслось до него тяжёлое дыхание собеседника, — ты вообще когда-нибудь кого-нибудь по-настоящему любил? Ну, своих детей, например? Женщину? Или не знаешь, что это такое?

Это было уже слишком. Взгляд Кармона стал тяжёлым и угрюмым. Но он буквально заставил себя усмехнуться.

— С каких пор ты стал философом? Ты что, мне завидуешь? Весь этот разговор был ему поперёк горла.

— Покойный Макс учил меня, что зависть — религия серости. И потому так опасна.

— Чего ты темнишь? — разозлился Кармон. — Говори без загадок. Сколько лет мы с тобой знакомы?

— Тебе не понять меня, а мне — тебя...

Кармон удивлённо присвистнул: вот оно как? Уж чего-чего, а такого он от Санани не ожидал! Ведь неглупый мужик. Впервые за всё время этой их встречи он не ощутил под ногами твёрдую почву.

— Жалеть себя легче всего. Но этим ничего не добьёшься. Только злоба съест. Лучше честно взглянуть самому себе в глаза: а может, в чём-то виноват я сам?

Кармон встал и уже, повернувшись, чтобы уйти, услышал:

— Я не сказал главного, Омри! Жена тебя любит...

15

Толедано поехал встречать дочь из-под ареста. Поставил машину и стал ждать. Минут через двадцать она появилась в воротах, но на джип его даже не заметила. Он посигналил. Норма удивлённо оглянулась. Взгляд остановился на вылезшем из машины вновь найденном отце.

— Ждал тебя!

Так они и стояли друг против друга. Один, не осмеливаясь приблизиться к дочери, а та — не зная, как реагировать.

— Спасибо тебе! — сказала она. — Я всё знаю...

И тут же добавила:

— Мне рассказал адвокат, Шауль Санани...

Толедано кивнул и подошёл к ней вплотную.

— Можно тебя обнять?

Она приблизилась к нему, но с её стороны это был зов долга, а не души.

— Поехали домой! — сказал он.

Но Норма лишь покачала головой:

— Может, когда-нибудь, не сейчас! Всё должно произойти постепенно...

— Ты говоришь, как американка.

— А я и есть американка, Шимон.

Отцом его она так и не назвала. Его это больно задело. Но он не хотел её терять и смолчал. Только тяжело вздохнул:

— Ты мне нужна!

Если бы она его знала лучше, она бы поняла, как тяжко, как муторно и мерзко у него сейчас на душе.

Толедано смотрел на дочь, мучительно сознавая свой проигрыш. Ведь они так с ней похожи! Не только внешне — цветом волос, строением лица, носом, даже губами. Главное — характером! Такая же сумбурная и непокорная, как и он, не знающая компромиссов, не умеющая притворяться, она намертво отрубила часть его сердца и оставила себе.

— Ты мне — тоже, но мы встретились только через почти четверть века.

Он бы не был самим собой, если бы начал вновь говорить, что его отшвырнули, что он ничего не знал и сколько писем его остались без ответа из-за этой паскуды, её бабки.

Ему показалось, что кто-то гвоздём вспорол ему грудь. Сердце замедлило ход и остановилось. Наверное, не вздохни он через силу, оно бы так и не запустилось вновь.

— Так и расстанемся, не поговорив?

Почему так всегда бывает: тебе чего-то очень хочется, страшно хочется, но что-то в тебе не мешает, не позволяет, отталкивает? Что это? Эго? Вывернутая наизнанку гордость? Обида? Страх?

Толедано было тоскливо. Хотелось взвыть. Как, всё же, жестока и насмешлива судьба!

Именно она, Норма, — настоящая его дочь. Сильная! Независимая! Решительная! Не то, что дети от его законной жены, как бы он их ни любил. В любви к ним скрыта жалость: пока он жив — их никто не осмелится тронуть. А что будет потом? Он оставит им средства, но можно ли гарантировать, что их не сомнёт жестокая мясорубка жизни? Вот её, Норму, — нет, не прокрутит! Она даже если сломается, — не уступит.

Он должен, обязан её как-то привлечь! Против его воли ему на пару секунд вдруг померещилась картина, от которой теплее и радостнее стало на сердце. Они все, вся семья, сидят за большим столом, а Норма рядом с ним. Она рассказывает ему, что за тему выбрала для дипломного проекта. А он ей — что ей необходимо поскорее вникнуть в его дела и впоследствии стать рядом с ним, а потом — вместо него. Но грёзу эту мгновенно, как запись мелом на школьной доске, стёрла решительная рука реальности.

— Давай оставим то, что наше, между нами, — сказала ему дочь. — Я столько тебя ждала, но, когда ты, наконец, появился, не совсем к этому готова. Требуется какое-то время...

Она инстинктом ощущала, что творится с отцом, который с самого её рождения и был им, и не был. И постаралась как-то его успокоить:

— Я отдохну, и мы встретимся...

Толедано скривился.

— Ты, что, к этой эфиопке, своей подружке хочешь поехать?

— Нет! — кинула она, — Теперь уже нет...

— Тогда — куда?

И дочь его улыбнулась:

— К самой себе! Сниму на пару дней гостиницу и возвращусь в Нью-Йорк.

Сама того не желая, она нанесла ему ещё одну тяжёлую травму. Не так уж много людей на свете, которые осмелились бы сказать ему «нет». А тем более дочь. Но он не хотел её терять. Знал: одно единственное неверное слово и все его надежды рассыпятся в прах. Его разрывало на части между толедановским эго и страхом за семью, за бизнес, за выстраданное им благополучие. И он вынудил себя сдержаться, что стоило ему немыслимых сил.

— Я предложу тебе что-то лучшее. Довезу до улицы Алленби. Там на втором этаже живут обычно мои гости. Отдохни и выспись. А потом мы встретимся в моём офисе. Это неподалёку...

Всю жизнь Шимон Толедано пытался придать своему существованию и поступкам особую значимость. Такова была его месть несправедливости общества. Но сейчас он ощущал одно сплошное разочарование. Обиходная модель сознания не срабатывала. Ему всегда хотелось, оставшись самому свободным, владеть чувствами и желаниями других. Но в конце концов оказалось, что сила духа и норов, увы, ещё никакая не гарантия удачи и успеха! Нужно ещё что-то, а что, он не мог постичь...

Норма молчала. Толедано с силой сжал губы.

— И ещё! Это кредитная карточка. Возьми. Она твоя...

Не возьми она её сейчас, она бы навсегда потеряла отца. Его не стало бы, как не стало бабки, тётки Мирьям и матери, хотя та жива. А потому, инстинктивно протянув руку, взяла её и положила в сумку с вещами. Потом, приблизившись вплотную к нему, робко его поцеловала.

Толедано закрыл глаза, и впервые за многие десятки лет его глаза что-то обожгло...

Он довёз её до квартиры, но сам так и не вышел из машины. Хотел, но не мог. Она не должна была этого знать. Пусть лучше думает, что он сухарь...

А вечером вдруг брызнул первый весенний дождь. И Тель-Авив наконец-то радостно отряхивался от дневной жары. Вслушиваясь в трогательно слабое, почти детское щебетание бесшумных капель, он скрежетал шинами тормозящих машин, плутовато мигал светофорами и с улыбкой следил за неловкими пробежками прохожих...

Они сидели вдвоём на семнадцатом этаже тель-авивского небоскрёба, где располагался офис Толедано. Где-то там, снаружи, за толстыми стёклами неслышно шепелявил дождь, и удивлённо щурились разбуженные фонари. Под их беззвучный плеск снаружи и неслышный лепет осеннего дождя Толедано снял маршальский мундир, который неизменно носил на себе, и впервые подписал акт о преждевременной и полной капитуляции.

— Заставлять тебя я не буду, — медленно и раздельно тесал он слова, как камни. — Я не вечен. У тебя две сестры и брат. Они не ты. Милые и доверчивые ребята. И дело моё им мне не оставить. Не вытянут! Не смогут. Их сомнут. Растопчут. Вытолкнут. Единственно, кто мог бы их отстоять, — ты!

Никогда никому не доверяясь до конца, он открылся ей, своей навсегда потерянной и всё-таки возвратившейся к нему дочери. Сказал то, что болело, душило, будило в холодном поту по ночам. Хотя понимал, что всё это ни к чему!

Норма только слушала. Арест что-то в ней изменил. Появилось нечто неожиданное, неощутимое, более того, — непостижимое. Она ещё не знала всех подробностей своего ареста и освобождения, но уже понимала, что её свобода — это тугой и неразрубаемый узел чьих-то интриг и козней, подвохов и уловок. Изощрённые игры. Неожиданные ходы. Пронизанное низостью благородство и подлость, возвысившаяся до высот альтруизма. Невыносимый конгломерат любви и ненависти, жертвенности и эгоизма.

В принципе, это и везде так. Но только на Востоке носит облизанный, смазанный мёдом приличий и липкой лести характер. Там, в Штатах, откуда она родом, лицемерие и ханжество — не маскарад, а изнанка. Логически вытекающее безразличие и отчуждённость. Тоскливый рационализм одиночества. Но при всём при этом никто не делает вид, что играет роль в назидательном спектакле. Не прячется за помпезным, но фальшивым алтарём религии и традиций. Всё откровенно, практично и комфортабельно. Правда, в то же время и бездушно, как в публичном доме! Любовь — не трение пениса о вагину, а чувства, не инстинкты, а продуманная и поставленная перед собой цель: я сам хочу этого или сама. И всё же, если выбирать между двумя мирами, она — за тот, в котором родилась.

Правда, и здесь её будет смущать ностальгия. Среди совершенства и бесстрастности ледяных торосов ей будут призрачно мигать далёкие видения. Знойный песок юга. Эротический шёпот набегающей волны. Ничего не поделаешь: она отравлена! И ей никак не избавиться от лихорадочного дыхания страны, которая совместила в себе несовместимое и сипло дышит в ответ на ощеривающиеся отовсюду клыки опасности...

— Ближний Восток — не для меня, — огорошила она отца своим откровением. Я ещё сама ничего не знаю, но здесь не останусь. Слишком сильна ещё боль, которую мне причинили.

— Кого ты осуждаешь?

— Не только других. Себя тоже, и куда больше...

Тёмный лик Толедано смотрел на неё глазами еврея с картины Рембрандта. Она где-то читала, что его неотвратимо влекла эта неисповедимая загадочность взгляда.

— А знаешь, — сипло сказал он, — откуда у нас, в семье, такая фамилия?

— Догадываюсь, — улыбнулась она. Род ведёт начало из Толедо. Это в средневековой Испании.

— Чтобы не изменить религии и не стать маранами,[28] наши предки бежали в северную Африку...

Но Норма его неожиданно прервала:

---

[28] Мараны — так христиане Испании и Португалии называли крестившихся иудеев.

— Нет-нет, ты не понял: во всех своих проблемах я больше всего виню саму себя. Слишком многим людям причинила боль. Слишком многие из-за меня пострадали. А больше всего жалею того парня, которого отослал Шауль Санани в Россию. Ведь его сплавили его на тот свет. Из-за меня...

— Он сам себя туда сплавил, — отрезал Толедано.

— Знаешь, я, наверное, пойду по стопам тётки Мирьям! Буду учиться медицине. И только об одном прошу: позаботься о Мики! Она удивительная девочка. Ей просто не повезло: родилась не в той стране и не в той семье.

И она как-то по-детски улыбнулась.

Толедано чувствовал: если он сейчас не закончит и всё ещё будет продолжаться, он не выдержит. — Ладно, выбирай и решай сама! — махнул он рукой. — Больше ничего я для тебя сделать не смогу! Может быть, ещё приеду когда-нибудь в гости. Навестить, — с мучительной улыбкой выдавил он из себя.

И она его поцеловала во второй раз.

— Неважно! — успокоила его Норма. — Хочу начать всё заново.Он, не в состоянии вымолвить ни слова, прикрыл глаза.

Спасибо! Ты мой отец, и я этого никогда не забуду...

Норма взяла в свои руки его и ощутила тоненький и робкий пульс крови.

— Ладно, давай о другом. Что с Кармоном? Ещё тот типчик...

Толедано усмехнулся:

— Возвращается к своей жене...

Он покашлял, чтобы скрыть волнение.

— А где Санани?

— Утром его увезли в больницу. Тяжёлый инфаркт...